波打ち際に生きる

松浦寿輝

羽鳥書店

Vivre sur la plage
MATSUURA Hisaki
Hatori Press, Inc., 2013
ISBN 978-4-904702-40-6

波打ち際に生きる　目次

東京大学退官記念講演

最終講義

東京大学退官記念講演

波打ち際に生きる——研究と創作のはざまで

二〇一二年一月十六日
東京大学本郷キャンパス・法文二号館文学部一番大教室

作品の効果としての「わたし」

沢山の方々にお集まりいただき、光栄に存じます。今日の講演は、「心もとなさ」「いとおしさ」そして「荒々しさ」という三つの概念をめぐるものになろうかと思います。その三つを集約する形象としてわたしが選んだものが、「波打ち際」という形象ないしトポスなのですが、これについては追々説明してまいります。

わたしはこれまで文学とか映画など、いろいろな主題について講演を行なってきましたが、「自分自身」を主題としてこうした場で語るのは、恐らく初めてのことです。『方法叙説』という著作が唯一、それに近い仕事だったのですが、講演という形で皆さん方を目の前にしながら、自分について、これまで自分がやってきたことについて喋るというのは、たいへん面映ゆいことで、少々当惑しております。しかし、だからこそチャレンジングな機会とも言えるかもしれません。

わたしはまったくナルシシズムがないとは言わないまでも、比較的、自己愛やエゴイズムの乏しい人間だと思います。もちろん最低限のナルシシズムや自己顕示欲がなければ、詩や小説など書けないでしょう。本当は自己への執着のようなものがもっと強い方が、もう少しましな作品が書けるのかなと、ときどき思わなくもありません。一流の文学者というのはだいたいにおいて、往々にして傍迷惑な、強烈なエゴのかたまりですから。しかし、ともあれわたしは比較的、自分を殺す形でものを書いてきた人間だと思っております。

今わたし自身について語ろうとするとき感じる困惑がそこから来るのですが、そんな困惑の中でふと思い当たるのは、ヴァレリーが「覚書と余談」というテクストの中で語っている、「作者とは幸いにして人間ではない」という言葉です。ヴァレリーが言うには、批評とはすべて、人は作品の原因であるという時代遅れの原理に支配されている、それは法の目に犯罪者が犯罪の原因と映っているのと同様なのだと。しかし、実際はむしろ逆であって、人は作品の結果であり、犯罪者は犯罪の結果なのだと、彼はそう言っています。

そこでわたしはこれから、「わたしは……」という主語を用いつつ回顧的に、あるいは時として多少は懐旧的に、自分の仕事について考え直してみたいのですが、そこで使う「わたし」という主語は、恐らく作品の原因としての松浦というよりは、むしろ三十数冊の著作の結果として、今ここに立っている自分を語ることになるのではないかと思います。というのも、わたしはある意味で、自分の言いたかったことは自分の本の中にことごとく書いてしまいましたので、わたしという人間自体は実は、まったくの空虚というか、中身が空っぽの容器のようなものでしかない。むしろ三十数冊の書物の照り映えとして、あるいはその「効果」として、ここに立っているにすぎないという印象を持っているわけです。

では、そうした鉤括弧付きの「わたし」というものが、かなり長い歳月にわたる実人生の時間を潜り抜けてきたわたし、血肉を備えた現実の人間としてのわたしとどう重なり合い、あるいはどうずれているのかということになりますが、これは実はよくわからないのですね。

実人生におけるわたしは、今は五十七だか八だかになりました。正確な年齢はよくわかっておりませんが(笑)、とにかく還暦に近づいているわけで、まあ老いのとば口に立っているというか、これからいよいよ本格的な老いを迎えようとしているわけです。昨年わたしは『不可能』という長篇小説を刊行したのですが、これはいわば、その老いという主題をめぐる一種の思考実験の試みでした。加齢とともに人は当然、記憶力が減退し、知力・体力全般が衰えてゆくわけですが、老いという出来事にはそうしたネガティヴな面だけではなく、もっと積極的な何かがあるのではないかという思いが、この作品の核をなす根本的なモチーフとしてありました。老いを減衰や欠如としてではなく、むしろ何らかの過剰として捉えられるのではないか、ということです。

実際、今、自分の過去を振り返り、人生の時間のなかでいったい何がどのように起こったのか、思い出してみようとするとき、老いという誰でも初めて経験する特異な状況が、記憶のメカニズムに何か不思議な作動をもたらすような気がするわけです。小学生の頃、あるいは就学以前の頃の体験がつい昨日の出来事であるかのようになまなましく甦ってくるかと思うと、あるときにはまた、何もかもが夢のように過ぎ去ってしまい、この歳月のことごとくが空の空であったように感じられたりもする。そのなまなましさとその捉えどころのなさとの間に、どういう関係があるのか、それもよくわからない。が、ともあれ老いとともに、想起のメカニズムが何かそうした不思議な二律背反めいた性格を帯びるような気がします。これは端的に、面白いことだと思うわけです。

現在の自分の立ち位置自体、わたし自身にとって何か謎めいた、よくわからないところがある。そうした不分明な視点の揺れ自体が面白いと思うのですが、ともあれそんな老いのとば口という場所から過去を振り返ってみたとき、ふと浮かび上がってくるのが、「波打ち際」というイメージです。波打ち際、つまり波が打ち寄せてくる海岸の空間というのは、わたしにとって何か特別なトポスとして、この歳月の間、折りに触れ様々なかたちで回帰しつづけてきたように感じます。

波打ち際という場所

ヴァージニア・ウルフの傑作に『波』という作品がありますが、この長篇小説の冒頭でウルフは明け方の海を美しい言葉遣いで描写しています。鈴木幸夫氏の訳で冒頭部分を少し読んでみることにします。

　陽はまだ昇ってはいなかった。海と空とのけじめはさだかでなく、ただ海には布の皺のように小波が微かにたゆとうばかり。やがて空の白むにつれて、水平線は暗い一筋となって横たわり、海と空とを分け隔てた。銀布の海には一面に色濃い横波が立ち、つぎつぎと水面を揺れ動いては、後から後からと追いすがり、追いつ追われつ不断につづいた。

渚に寄せて近づくとみれば、うねりは高まり、高く盛り上っては砕け、砂の上へ遠く白地の薄紗を打ち拡げた。波はとぎれては又打ち寄せ、無意識に呼吸する眠り人のように溜息をついた。


波打ち際をめぐる繊細きわまる記述がこの後もなお続きますが、ここでは、陸と海との境目である波打ち際とともに、夜と朝との境界をなす「明け方」の時刻のありようもまた、いわば「時間の波打ち際」として描写されているわけですね。

こうした光と闇との間の、それから陸と海との間にある「あわい」の時空には、わたしを惹きつける何か格別のものがあるように感じます。そして、そうした感覚と、これまで自分のやってきた仕事との間には、何か本質的な関係があるような気がするのです。ただ、わたしの仕事をめぐる話に入る前に、まずわたし自身の少年時代の実体験を少し語らせていただきますと、少年期の自分にとって、深い快楽に満ちた喜ばしい体験として、やはり波打ち際とか海辺という場所があったように思うのです。

個人的な思い出になりますが、毎年夏の季節になると、内房総の海岸で何日か民宿を借り切って過ごすのが、わたしども一家の恒例の行事になっておりました。叔父や叔母やいとこたちや、さらには父の店で働いていた雇い人の人たちや女中さんたちなども一緒になって、入れ替わり立ち替わりしながら、一種の大家族のような状態で、房総半島の保田や富浦の海岸に繰り出して、そこで夏の休日を過ごしたわけです。

この「保田」あるいは「富浦」といった地名は、わたしにとって、言語が謎として立ち現れた最初の体験であったような気もいたします。「ほた」や「とみうら」をどういう漢字で書いたらいいのかがまず、わからないわけですね。電車が駅に着くと、ホームの駅名の表示板には「ほた」「とみうら」などと平仮名で書いてあるのですが、そうした仮名文字が、何か不思議な響きを伴ってわたしの前に立ち現われたという鮮烈な記憶が残っています。「ほた」というから蛍と関係があるのかなとか、子どもなりにあれこれ考えるわけですけれども、よくわからない。それは一種の呪文のような音であり文字であり、そうした謎めいた地名の響き自体が、夏休みの快楽や解放感を喚起する魔術的な記号としてわたしに働きかけていたような気がいたします。

マルセル・プルーストの長篇『失われた時を求めて』の中に「土地の名」と題された章があり、そこで彼は「バルベック」という避暑地の地名をめぐって、長い考察を展開しています。それは迷路のように入り組んだ、繊細きわまりない魅力的な記述ですけれども、後年、そうした文章を読んだとき、わたしは自分の少年期の、とくに六月から七月にかけて、夏休みを目の前にして、何かこう、うずうずするような期待感とともに意識の中に鳴り響いていた、「ほた」や「とみうら」という「土地の名」の音響を、それらがわたしに及ぼした魔法の呪文のような効果とともに思い出したりしたものです。

　幼少期のわたしにとっては、もちろん海水浴自体も非常に楽しかったわけですが、その楽しさは同時に、波打ち際という特殊な空間に身を置くことの喜びと切り離せないものでした。波打ち際特有のアトモスフェアと言いますか、それがもたらす身体感覚のようなものがある。それは、わたしの感性を核をかたちづくるような、ある本質的な体験だったのではないか。

　波打ち際に立って、大小さまざまな強さで、また緩急さまざまなリズムで打ち寄せてくる波の運動を眺めているときの催眠的な時間感覚、また、その水際にじゃぶじゃぶと足を踏み入れてゆくときの爽快感。あるいはまた、はだしの足の裏の下で濡れた砂がさらさらと崩れていき、それと一緒にわたしの足も引きさらわれていくような心もとなさの感覚。かすかな快楽とそこはかとない不安とが一体となったような、ある特殊な心もとなさ、あるいはよるべなさの感覚が、少年時代のわたしの感性の中核を決定してしまったように思うのです。

　この「波打ち際の心もとなさ」という感覚を導きの糸として、これまでのわたしの仕事の流れを振り返り、それを貫いて持続してきたものに迫れるのではないかと思ったわけですが、それは何よりもまず、わたし自身の生の感覚の基本的なトーンであったような気がしてなりません。いったん寄せてきた波が今度は引いてゆくのにつれて、足の裏の下で濡れた砂がさあっと崩れ、海の方へ引いてゆく、それとともにわたし自身の軀も海に向かって引きさらわれていきそうになる。その危うさ、心もとなさの感覚ですね。それが少年の心にあれほど強い印象を喚起したのは、いったいなぜなのか。そこにはフロイト的に解釈できる問題も潜んでいるかもしれませんが、あまりそういうことに立ち入っても仕方ないでしょう。

それはむしろ、漂着の主題が様々に描かれた幾つかの物語を、子どもの頃に愛読した体験と結びついているかもしれません。たとえば『ロビンソン・クルーソー』で、無人島で長年月にわたって独りぼっちで暮らしていた主人公がある日、浜辺の砂の上に残されたフライデイの足跡を発見する場面。砂浜に点々と残った、他者の足跡と彼は不意に出会うわけですが、その彼の歓喜が描かれた場面は、少年のわたしを揺り動かしたものです。あるいは、漂着の物語の多様な変奏からなる『ガリバー旅行記』の、あの尽きることのない魅力……。

心もとなさ、いとおしさ

波打ち際とは、波が打ち寄せてくる「場」であるわけですが、同時に、絶えず寄せては返しつづける波の運動という「出来事」それ自体なのだと思います。その出来事には一種特有の心もとなさがまとわりついており、そして、その心もとなさ自体をいとおしむという、いとおしみの感覚とも結びついている。「心もとなさをいとおしむ」という身振りというか、感性の傾斜が、学術論文に加えて詩や小説も書いてきたわたしの仕事を一貫して貫くモチーフだったのではないか。

波打ち際を「場」として捉えるなら、それは心もとなさやよるべなさといった身体感覚を味わわせてくれる場であると同時に、出会いの場でもあります。それは、水と土とが、海と陸とが出会う場です。そして、海と陸とを繋ぐ媒体として、そこに打ち寄せてくる波というものがあり、その波はさまざまなものを運んできては浜辺に打ち上げたりもする。われわれはそこで、あまたの漂着物に——自分の日常生活からはかけ離れた何か珍しいものに出会うわけです。

先ほど名前を出したヴァレリーに、「人と貝殻」という非常に美しいエッセイがあります。ヴァレリーはそこで、浜辺で拾った巻き貝の貝殻というオブジェを手がかりに、それをためつすがめつしながら、人間のポイエーシス（作品制作）の行為とは何かという問いを、哲学的思弁と詩的直観とをないまぜにしながら、緻密でかつ生き生きした考察を繰り広げています。波打ち際というのは、そういう不思議な何かと出会い、それをいとおしみ、またいつくしむことを可能にする場でもあるわけです。

わたしが実人生の波打ち際で、また精神の波打ち際で出会った、いとおしい何か。それは言葉であったりオブジェであったりイメージであったり、さまざまなかたちを取るわけですが、そんな出会いを契機として自分のなかに喚起されたものを、自分なりの言葉に置き換えてみようとした種々の試みが、あるときには論文となり、あるときには詩となり、あるときには小説になっていったのではないかと思うわけです。

今、「いとおしい」「いとおしむ」という言葉を使ってみたわけですが、日本語の「いとおしい」という言葉は、実は語源的には「厭う」から来ています。厭うというのはつまり嫌になる、嫌悪するということで、弱いものや劣ったものから目を背けたいというネガティヴな語感がそこには含まれている。「いとおしむ」という行為は、単に可愛がる、愛玩するということではなくて、もともとは厭悪の情に発しているわけです。弱いもの、劣ったものに対して、気の毒だ、可哀そうだと思う感情があり、その「可哀そう」が「可愛い」へと変化していったということだと思います。ですから、「いとおしい」は同時に「厭わしい」「労しい」「痛々しい」といった言葉とも響き合うことになります。それはまた「いじらしい」などという言葉をも縁語として持つことになるでしょう。そうしたすべてをひっくるめて、今、「いとおしい」という言葉をキーワードとして採用してみたいと思います。

そのとき、「いとおしさ」の概念が、一種の憐れみ、つまり憐憫の感情と結びついているという事実が浮かび上がってまいります。フランス語なら「ピティエ（pitié）」という言葉になるのでしょうが、わたしが文学作品なり芸術作品なりとの出会いのただなかで、とりわけ過敏な反応を示したとき、その体験の根底をなすものは、この憐憫の感情ではなかったかと思うのです。

つまり精神の波打ち際で、あるいつまでも解消しがたい心もとなさ、よるべなさに耐えながら、世界への、また自分自身への憐憫を言葉にしようと努めつづけるということ――書くことはわたしにとって、そういう行為だったのではないか。それは言葉に対する憐憫であり、イメージに対する憐憫であり、ひとことで言えば記号への憐憫です。「記号への憐憫」――この言葉こそまさに、わたしがこれまで書いてきた三十数冊の書物の全体を集約するエンブレムたりうるかもしれません。

三つの特性

ここで改めて「場」でもあり、「出来事」でもある、この波打ち際というトポスの特性について考えてみます。

波打ち際とはいったい何なのか。それは三つの特質に要約されるように思います。まず一つは、ここまでのところですでに明らかなように、それが境界領域であるということです。波打ち際の境界線は絶えず移動します。波が打ち寄せてきてはまた引いてゆくたびごとに、波打ち際は絶えずずれていき、それを一つの定まった線の形で確定することはできません。もちろん潮の満ち干もあります。そうした不安定さ・不確定さ・不分明さ、これが波打ち際の第一の特性です。

もう一つは、心もとなさやよるべなさの感覚と関係してきますが、波打ち際とは存在が海に向かって露出される場であるということです。人間のように肺呼吸をする哺乳類の生き物は、水の中では生きていけませんから、われわれが眼前にしている海とは、外界であり異界であり、ともかく自分が自分でなくなるかもしれない何か危険な場所です。波打ち際に立つとは、そうした異界のへりに露出されるということなのです。とはいえ、われわれの背後には、そうした危険から存在を庇護してくれる後背地の陸がある。いざとなれば安全な内陸にいつでも退避できるという、一種の安心感や甘えもある。露出と庇護とのパラドクサルな共存とでもいうのか、露出されて在ることと庇護されて在ることとの甘美な葛藤とでもいったもの、これが波打ち際の第二の特性だと思います。そこには、外部にさらされている者の緊張感と、内部によって守られている者の安息とが同時にあるということです。

最後の、第三の特性は、それが予感・畏怖・誘惑の場であるということです。つまり、それは他者の到来を迎える場なのです。異界としての海にはいろいろなものが潜んでいる。打ち寄せてくる波に乗って、何やら怪物的な脅威でもあるかもしれない他者が、いつ何どき、そこから訪れてくるかもしれない。そうした怯えとともにわたしは波打ち際に立っている。しかし、それは同時にまた、わたしを怯えさせる脅威であるよりはむしろ、わたしを魅惑してやまない何か——むしろ官能的な快楽の対象たりうる、喜ばしい何かであるかもしれません。外界の彼方に潜む官能的な対象からの呼びかけに魅了されるといったことも、起こらないではない。

モーリス・ブランショの『来るべき書物』の冒頭に、「セイレーンの歌」をめぐって書かれたすばらしい数ページがありますが、聞く者の心を蕩けさせるセイレーンの呼び声に深く魅惑されながら、それに釣られて海に飛びこまないようにとマストに自分を固く縛りつけることで、辛うじて難船を免れ、航海から無事に帰ってこられたという、あのオデュッセウスの神話に含まれる教訓の問題が、ここにも出てくるように思います。

そこには、存在に危機をもたらす異形の他者と出会いかねないという恐怖がある。しかし、同時にその恐怖は、もっとも甘美な誘惑でもまたありうる。存在をしばしば引き裂いてやまないこの根深いアンビヴァレンツを、波打ち際の三つ目の特質として挙げられるように思います。先ほど触れた、「いとおしさ」と「いとわしさ」の二律背反とはまさにこのことにほかなりません。そして、危難と恍惚を同時に孕むこのアンビヴァレンツに、わたしはさまざまなかたちで惹かれつづけてきたのです。

スクリーンという波打ち際

こうした「波打ち際」のイメージを糸口として、わたしの過去の仕事の系譜を振り返ってみると、いろいろなことがわかってくるような気がします。たとえば、わたしはこれまで映画についてかなり多くの文章を書いてきました。では、映画とはわたしにとって何だったのか。映画館のスクリーンこそは、まさしくわたしにとっての特権的な波打ち際だったのではないかと思うわけです。

映画館のスクリーンとは、その彼方からイメージと音響の波がダイナミックに打ち寄せてくる、危機的にして魅力的な境界にほかなりません。打ち寄せてくる映像と音響の波動に身をさらし、心もとなさといとおしさとでもって、それと出合うという体験。映画とはわたしにとって、それ以外の何ものでもなかった。あれは良い映画でこれはつまらない映画だなどという月旦評をすることには（浮き世の義理でそうした仕事もずいぶんやりましたが）、実を言えばあまり興味がなかったし、今もないのです。

映画とはいったい何かということですが、一八九五年にリュミエール兄弟のシネマトグラフが発明されて以降、映画が人類の文化に付け加えたのは、スクリーンという、この比類のない波打ち際の体験なんですね。そのために映画が用いたのが、プロジェクション（投射）という不思議な仕掛けです。ある意味でこれは未だに誰もその魅惑の本質を解明していない、謎に満ちた仕掛けだと思いますけれども、この投射機制というものによって、スクリーンは光と闇、意識と無意識との間の波打ち際として成立することになったわけです。スクリーンというのはもちろん、単なる一枚の、厚みのない皮膜です。それ自体はまったくフラットな、いかなる厚みも欠いた平面でしかないにもかかわらず、その「奥」から、その「彼方」から、――それは偽の「奥」であり偽の「彼方」なのですが――イメージと音響の量塊がどっと押し寄せてくるという、これは本当に不思議なことですね。この不思議に魅了されるという原体験、すなわちプロジェクションとスクリーンによってつくり上げられたイメージと音響の波打ち際に身をさらすことの恍惚が、わたしにとっては何よりもまず決定的だったのではないか。

ここで言うスクリーンは、平面性にその本質があるわけです。近年、3D映画が増えてきましたが、わたしはどうも3Dという装置には興味を持てません。最近、映画についての授業や講演をして、何か質問はと訊くと、必ず出るのは、3Dについてはどう思いますかという質問です。わたしは『平面論』という本の著者であり、基本的に2Dにしか関心がないわけで、そういう男にそんな質問をするなよ（笑）と言いたくなってしまう。立体性なんてつまらないことじゃないですかと答えれば、話はそこで終わってしまうわけですが、ここではその問題についてもう少し言葉を継いでみたいと思います。

たとえば先頃、『アバター』という3D映画がヒットしていましたが、その宣伝コピーは、「観るのではない。そこにいるのだ。」といった類のものでした。見るという行為は、見る瞳と見られる対象との間に距離を必要とするわけですね。視線によってその距離を踏破するところに、見ることの本質がある。それに対して、3D映画には、少なくともその理想形態においては、もはや距離がない。もう、空間の中に丸ごとすっぽり入ってしまうのだという。そうしたなまなましい臨場感を備えたシミュレーション体験というのは前代未聞のもので、さあどうです、すばらしいでしょうというのが配給会社の宣伝文句の趣旨なのですね。しかし、わたしはどうも、映像の中にすっぽり入り込んでしまう、イメージ空間に丸々浸り込んでしまうという、まあ一種、テーマパーク的なヴァーチャル体験といったものでしょうか、そういうことにあまり興味が持てない。なぜなら、そこには波打ち際がないからです。

一枚のぺらぺらの皮膜でしかないスクリーンという波打ち際が、眼前に絶えず不安定に、不分明に揺れていること。その奥から、その彼方から、偽の「深さ」を横切って、イメージと音響が心細さと心地良さとをともども喚起しながらこちらに迫ってくること。そうした体験こそがわたしにとって重要だった。３Ｄ空間の立体的な幻像においては、波打ち際という境界に孕まれたあのスリリングな緊張感が、霧散消失してしまうのです。

そうしたスクリーンという「平面」の問題をめぐって、それが近代性という歴史概念とどういう関係があるのかを考察した仕事が『平面論』だったのですが、それについては、後でまたちょっと触れることにしましょう。

波打ち際と教室

映画館で波打ち際が体験されるというお話をしたのですが、ところで波打ち際は、教室という空間にもまたあるわけです。わたしは教師業をかなり長く続けてきて、東大の駒場キャンパス（教養学部と大学院総合文化研究科があります）には二十一年勤めたのですが、授業をするということはわたしにとって、しばしばたいへんスリリングな体験でした。そのスリルというのは、教室にある種の波打ち際が出現することの興奮だったのではないか。

教師と学生との関係というのは、言わば海と陸のようなものです。教師の言葉が学生に向かって、波のように打ち寄せていき、寄せては返す運動を繰り返すわけですが、その関係は逆転することもあります。あるときには学生の反応――異議申し立てであったり、質問であったり、コメントであったり――が教師に向かって打ち寄せてくることになる。いずれにせよ、不分明に揺れる波打ち際の境界線が教師と学生の間にあり、そこに生起する出来事が教育なのではないかと思うのです。

教師の言葉が学生に押し寄せる。そして学生の言葉も教師に向かって押し寄せてくる……ということがあったほうがいいのですが、ご存知のように日本の大学では、学生の皆さんはあまり積極的に喋ってくれません。ただ、その沈黙にはそれなりに、言葉にはならない一種のエモーションが漲ってはいるのですね。それはあるときは共感かもしれず、あるときは反感かもしれず、またあるときは無関心や軽蔑ですらあるかもしれませんが、ともかく何らかのエモーショナルな波動が打ち寄せてくるのを、教師はかなりなまなましく実感できるわけです。この場の皆さんも今、黙ってわたしの話を聞いてくださっているわけですが、「黙って聞く」ことを、わたしは決して受動的、消極的な行為だとは思いません、それは、非常に大きなエネルギーを使う生産的な営みだと思う。「語ること」と「聞くこと」とがぶつかり合う波打ち際に、きわめて刺激的な精神の事件が起きるということがあると信じています。

つまりわたしは、ハーヴァード大学のマイケル・サンデル教授の政治哲学の授業のような、活発な意見交換のある授業が理想的な授業だとは必ずしも思っていないのです。一種のショーマンシップによって成立するああいう演劇的空間は、ドラマチックな見せ場には事欠かないのですが、個人的にはあまりわたしの好みではない。学生のディベート能力、プレゼンテーション能力をこれまで以上に高めるのはたしかに大事なことですが、それが大学での教育の本質的使命だなどとはさらさら思っていません。学生の皆さんが教員の話に積極的に介入してきてくれるのはむろん歓迎すべきことですが、一方、注意を集中し、ただ黙って聞いていてくれるというのは、それだけでも大したことだと思います。喋ることと聞くこととの生産的な出会いは、ただ単にそれだけで、波打ち際という場＝出来事を生起させうると信じているのです。

余談になりますが、今、日本の高等教育行政は、大学はすべからくアメリカの大学のようになるべしというオブセッションに衝き動かされています。それが国際化であり「グローバル化」であり、そうならないかぎり「世界大学ランキング」とやらの順位が上がらないのだというわけですが、この度しがたい拝米意識は馬鹿々々しい限りだと思います。わたしは若い頃ソルボンヌで博士号を取り、中年になってからハーヴァードにも八か月間、客員研究員として滞在して、フランスやアメリカの大学で行なわれている授業の組み立てやその慣行もある程度知っています。それぞれ美点もあり欠点もありで、べつだんどこかしら外国の大学を理想化する必要などありません。

まして「世界大学ランキング」などという、いかがわしい週刊誌的話題に振り回されるいわれもありません。英米の大学向きに設定された評価軸でランク付けをすれば、英米の大学が高いランクに来る。これは単なる同語反復にすぎません。教室に出現する波打ち際での出来事を数値化しうる客観的評価軸など、いったい存在しうるものでしょうか。

ヴァレリー、バルト

今日までわたしが刊行してきた、主題もアプローチも文体も異にするさまざまな書物を回顧的に見渡してみるとき、今改めて思うのは、わたしにとって非常に重要な、幾つかの特別な固有名詞があり、それがわたしの好奇心を刺激しつづけたということです。わたしは、幾つかの固有名詞に取り憑かれるようにして生きてきた人間なのです。

それは必ずしもフランス文学史上の作家や詩人だけではありませんでした。そういった「浮気性」が、フランス文学研究の専門家になることからわたしを妨げてきたわけですが、そのこと自体についてはわたしはまったく後悔しておりません。ただ、振り返ってみると、とにかく何らかの鋭い葛藤に引き裂かれた精神の劇に一貫して興味を持ってきたことに、今さらのように気づきます。そして、その葛藤のありように、波打ち際の体験という名を与えられるのではないかと思うのです。自身の意識と身体に、海と陸、光と影の衝突する波打ち際に似た何かを抱えこんでいる個体に、わたしは惹きつけられてきたということです。では、それはどういう人たちであったか。

まず最初に挙げるべきは、すでに再三言及した名前——学部の卒業論文でわたしが主題としたポール・ヴァレリーでしょう。「海辺の墓地」という彼の有名な詩篇の中に、"La mer, la mer, toujours recommencée!"（海よ、絶えず新しく再開される海よ！）という呼びかけがありますが、ヴァレリーもまた波打ち際で生きた人でした。地中海の港町セートに生まれ、海と潮風と太陽で感性をはぐくみ、やがてパリに移り住みますが、根っからのパリっ子であるような都会型の文人とは明らかに違う、ある特殊な官能性と知性を持った詩人でした。

ヴァレリーが生きたのは、端的に言えば「知」と「エロス」との間の葛藤の劇です。「知」は見ようとし、「エロス」は触れようとします。彼の代表作の一つである長篇詩『若きパルク』の中に、"O dangereusement de son regard la proie!"（おお、危うくもそのまなざしの餌食になって！）という一行があります。先ほど触れたこととも関係しますが、見る視線というものは距離がなければ機能しえないわけですね。ところが、その見るという行為が、知的な認識作用の埒を越え、対象を餌食にして喰らい尽くしてしまおうとするほどの強烈な情念を帯びることがある。理性的認識の澄明と、情動的エロスの昂揚との間で、主体が引き裂かれるということが起こるわけです。ちなみに『若きパルク』で語られるのは、暁の薄明の中、浜辺で啜り泣く若い女性の意識と無意識のドラマであり、その全体がいわば波打ち際を主題とする物語です。

知性の人ヴァレリーは、同時に、存在を内側から崩壊させてしまいかねないエロティックな欲望に終生苛まれていた主体でもありました。彼は、抽象的認識への欲望と官能的傾斜への執着とのはざまに出現する波打ち際を、解消しがたい矛盾のようにして抱え込んでいた人だったのです。昼のヴァレリーは能弁で人当たりの良い社交家でしたが、夜のヴァレリーは抽象的思弁に沈潜する孤独な「テスト氏」でもあった。彼は、昼と夜、社交と沈思、意識と無意識、地中海的明視と沸騰するエロスの間に広がる危うい中間地帯に、絶えず身を持しつづけた波打ち際の詩人なのです。

わたしにとってのヴァレリーの存在の意味は、こうしたところにあったのだと思います。卒論の後、ヴァレリーをめぐってまとまった文章を書く機会は結局ありませんでしたが、この矛盾に満ちた優雅な文人が、その詩や批評や『カイエ』の中で提起したさまざまな問題は、わたしを刺激しつづけてやみませんでした。

固有名詞のリストをさらに続けるならば、次に来るのはやはりロラン・バルトでしょうか。バルト——彼こそはまさに、記号との出合いを波打ち際での体験として、これ以上ないほど精妙に、優美に、正確に表現しえた、奇跡的な書き手にほかなりません。

文学のみならず、衣服、写真、風景、ささやかな会話の断片、他者の身体、自分自身の身体——世界をかたちづくる多種多様の細部のことごとくを、彼は愛撫するようにいとおしみ、いつくしみました。彼はそのいとおしさを、心もとなさとよるべなさに耐えながら、あの美しい文章で書き留めていったわけです。バルトの著作のどの一ページを開いても、そこにはかぎりなく豊かな、ある「憐憫」の空間が開かれている。『彼自身によるロラン・バルト』にはフランス語というラングの波打ち際が、『恋愛のディスクール・断章』には彼自身の身体の波打ち際が語られています。彼の文業の総体は、こうした特異な境界に寄せては返す波の運動を徹底的に記述しようとする、前代未聞の試みであったようにわたしの目には映ります。

バルトについてもまた、正面から書いたことは——ほんの小さな文章を除けば——一度もありませんが、彼のエクリチュールはいつでもわたしにとって、もっとも豊饒な参照軸であり、行き詰まった事態を打開してくれる新たな発想の尽きることのない供給源であり、あるときには救命ブイであり、あるときにはすさんだ心を慰撫してくれる優しい音楽でもありました。そして、わたし自身が小説を書き始めたとき、バルトが「小説の準備」をめぐってかくも多くの時間を捧げ、逡巡と試行錯誤を重ね、しかも結局、小説自体を書くことなく終わったという事実は、長らくわたしのオブセッションとなることになりました。

折口信夫

次に挙げたい固有名詞は、わたしがそれをタイトルに含む一冊の本を書いた、折口信夫です。折口は大正十四年に最初の歌集を刊行しますが、その題名は『海やまのあひだ』というものです。「海やまのあひだ」とは、海岸からすぐに奥深い山に続く、山がちの島嶼としての日本の国土を意味しているのでしょう。しかし、ということは結局、彼は日本とは波打ち際そのものだと言っているのではないでしょうか。折口の師であった柳田國男が日本を指して言った「島《しま》山《やま》」という発想も、恐らく同じイメージなのだろうと思います。柳田は、日本とは島に山があるのではなくて、山それ自体が島になったものだと言ったわけです。つまり、山がそのまま海に落ち込んでいるわけで、だから山と海のあいだには狭く細い波打ち際しかない。

「海やまのあひだ」として日本を眺めていた折口にとって、波打ち際という場所は当然、決定的な重要性を持つトポスでした。彼の国文学研究と民俗学研究の出発点となった重要なテクストに「妣が国へ・常世へ——異郷意識の起伏」という短い文章がありますが、その冒頭で鮮烈このうえもないイメージとともに語られているのも、彼が波打ち際で天啓のようにして得た透徹した直観です。

彼はこう書いています。「十年前、熊野に旅して、光り充つ真昼の海に突き出た大王个崎の尽端に立つた時、遥かな波路の果に、わが魂のふるさとのある様な気がしてならなかつた」と。先ほどわたしが挙げた波打ち際の三つの特性のすべてがここにある。彼はこの危うい「はざま」のトポスに立って、海の沖のはるかな彼方に「妣が国」や「常世」といった異界を透視している。こうした鮮烈なヴィジョンが、折口の巨大な仕事の出発点にあったわけです。

彼はここで「妣が国へ・常世へ」と言っているわけですが、それでは、この二つの「異郷」

はどういう関係にあるのか、どこがどう違うのか。母胎の安息を暗示する「妣が国」とは、現在の場所に移って来るまでに住んでいた、つまり過去に存在した国であり、他方、死後の来世としての「常世」は、これから移り住むであろう未知の豊かな国だ、というのがとりあえずの定義です。しかし、「常世」は同時に「常夜《トコヨ》」でもある。つまり「とこよ」の概念には、「常暗の恐怖の国」「死の国」「闇かき昏す恐しい神の国」という古義の層があるのだと折口は言います。一方に過去の「妣が国」と未来の「常世」が補完しあう幸福なユートピアがあり、他方にその全体と対立する「闇かき昏す恐しい神の国」があって、その両者の絡み合いのうちに「異郷意識の起伏」を感知するべきだということです。いとおしく、かついとわしい、この錯綜した意味作用の磁場を含めて、波打ち際というトポスは折口にとって重要だったということなのでしょう。

折口の波打ち際と言えば、もう一つ思い出されるのは「ほうとする話——祭りの発生　その一」というエッセーです。先ほどは熊野の海だったのに対して、こちらは沖縄の海について語っているのですが、彼は「ほうとする程長い白浜の先は、また、目も届かぬ海が揺れてゐる。其波の青色の末が、自づと伸しあがるやうになつて、あたまの上までひろがつて来てゐる空である」と書いています。これは一見、空間的にどういう構造になっているのかよくわからない奇妙な風景なのですが、そのわからなさがむしろ魅力的で、そうした波打ち際の描写から始まって、「ほうとする」、つまり身体的な恍惚を呼び覚ます海景の魅惑が語られていきます。

折口信夫の民俗学研究には、共同体のへりというか、内部と外部の間の境界領域へ注がれた執拗な視線がありました。外来神、つまり他界から訪れる霊的他者の概念をめぐって書かれた「まれびと」論がその典型です。彼は、定期的な異人の介入によって共同体が賦活されるという一種の逆説的なダイナミズムを、新天皇の即位式である大嘗祭の儀礼のうちに透視し、その機能を徹底的に記述しようとした。波打ち際としての日本が、何によって活性化し、生き延びてゆくのかという問いですね。それを問う折口の言語が否応なしに帯びざるをえなかった異常な、ほとんど怪物的な屈曲のさまを考察したものが、わたしの『折口信夫論』だったわけです。

ブルトン、フーコー

ここでまたフランスに戻れば、わたしが博士論文の主題に選んだ、シュルレアリスムの主宰者アンドレ・ブルトンがいます。ブルトンがシュルレアリスムの最重要なファクターとして示した「自動記述」の実験。それは、そこで裸形の言語の生成が可能となる、波打ち際の経験の謂いだったのではないか。ブルトンは意識と無意識のはざまに迸り出る純粋言語のファンタスムを熱烈に顕彰し、性と政治との間の波打ち際で何が起こるかを熱狂的に語りつづけた人です。『ナジャ』『通底器』『狂気の愛』といった一連の白熱した散文で彼が提示しようとしたものは、パリの街路がいきなり無政府状態の浜辺（plage）になってしまうという「超現実」的なヴィジョンにほかならなかった。「通底器（les vases communicants）」とは、この波打ち際というトポスに彼が与えた別名だったのではないでしょうか。

さらにまた、もちろんミシェル・フーコーの名前も挙げなければなりません。狂気、エピステーメー、犯罪、性をめぐって、まばゆいばかりの系譜学的言説を紡ぎ上げたフーコー――彼があれら驚くべき著作群で取り組んだのもまた、共同体の秩序とそれを危険にさらす異形の他者との間に働く力学の歴史的解明でした。秩序と欲動の間、システムと出来事の間、権力と身体の間に広がる波打ち際で、いったい何が起こるのか。フーコーのコレージュ・ド・フランス就任演説は「言説の領界（L'Ordre du discours）」と題されていますが、「言説の領界」とはまさに、「知」の波打ち際そのもののことだったのではないでしょうか。フーコーの思考の恐ろしいまでの徹底性、彼の言葉が孕んでいる苛酷きわまりない暴力性に対する、わたしの感嘆の念が消えたことはありません。

エッフェル、マレー

ところで、先ほど触れた『平面論』ですが、これはわたしの構想としては、建築家ギュスターヴ・エッフェルをめぐる『エッフェル塔試論』、連続写真の技術を発明したエティエンヌ＝ジュール・マレーをめぐる『表象と倒錯』という二冊とともに、「一八八〇年代西欧」を主題とするトリロジーを構成する一冊でした。

この三部作でわたしは、「近代」とは何かという巨大な、かつ茫漠とした問題に、わたしなりのささやかなアプローチを試みました。「一八八〇年代」というメルクマールにどうしてこれほど強い興味を持ち続けたのかと言えば、これもまたわたしの目に、一種の「はざま」の時期――前近代と近代とを分かつ「歴史の波打ち際」として映じたからでしょう。そして、「近代性の誕生」という問題系の帯びる多様な表情を、歴史的に分析しようとしたものが、この三部作だったわけです。そこに前景化してきた二つの特権的な固有名詞が、エッフェルとマレーでした。

エッフェルはもともと橋梁の建造で名をあげた技術者です。まさに水際のテクノロジーの専門家だったわけです。第三共和制下のフランスが国民国家の体裁を整え、植民地獲得競争に乗り出したとき、諸外国との境界線上で、さまざまな政治的課題がせり上がってきました。ナショナリズムの波打ち際が問題化したわけです。そんな時期、インドシナ半島に組み立て式の橋梁を輸出したエッフェル社は、帝国主義の尖兵として当然、ある政治的役割を果たしたわけです。わたしが行なったような研究は「本国」にはいっぱいあると思われるかもしれませんが、「帝国主義者エッフェル」といった視点からのイデオロギー分析は、管見の及ぶかぎりではフランスには皆無で、わたしのような外国人があえて外部からエッフェルを論じたことには、それなりの意味があったはずだと思っています。

『エッフェル塔試論』でわたしが分析しようとしたのは、当時のフランスの「国家理性」と、「民間技師」エッフェルの持つ反体制的な矜持との間の葛藤をはじめ、種々さまざまな葛藤の絡み合いでした。そこにはたとえば、「鉄」のモダニズムと「石」の美学との葛藤があった。壮麗な石造りのオペラ座を設計したシャルル・ガルニエと、モダニズムの旗手ル・コルビュジエの、ちょうど中間に存在するのがエッフェルの仕事だったわけですね。また、機能主義的なテクノロジーと、古典的な芸術概念との葛藤もあった。さまざまなかたちで波打ち際に寄せてくる諸力があり、またそれを撥ね除けようとする諸力もあった。そうした葛藤の焦点に身を置いていた特権的な存在がギュスターヴ・エッフェルだったわけです。そして、それら諸力の拮抗が頂点に達したとき、どこに通じるわけでもなく、ただ単に虚空に垂直に屹立する異形の鉄橋としてのエッフェル塔が、パリのシャン・ド・マルスに出現することになったのです。

他方、エティエンヌ＝ジュール・マレーは、もともとは医学者・生理学者でありながら、自己のアイデンティティの軸足をだんだんと写真家としての仕事に移していった奇妙な人です。科学的認識と美的イメージとの間の波打ち際に身を置きつつ、マレーはクロノフォトグラフィと呼ばれる装置によって、まことに興味深いあまたの画像を制作していきました。『表象と倒錯』は、そこに繰り広げられたこの一種「倒錯的」な知性の劇の謎に迫ろうとした試みです。たぶんこれはわたしの著作の中でいちばん読まれなかった本ですが、わたし自身は深い愛着を持っている一冊です。独身で生涯を終えたこの「表象の技師」の仕事のうちに、ある意味で自分自身の分身を見るような、奇妙な感慨とともに書き進めたことをよく覚えています。

エッフェルとマレーの仕事を分析したこれら二著を前提としたうえで、「近代性の誕生」という主題の理論的側面を、「平面（le plan）」という概念を基軸としつつ考え直そうとしたものが、『平面論』という本でした。そこでは、「ページからスクリーンへ」という移行の中で「平面」がどう変容したかという問題が論じられています。だから、というのもやや唐突ですが、ここで、先ほど言及したスクリーンの問題にちょっと戻りつつ、波打ち際をめぐるわたしの体験史の上で非常に大きな存在であった、ヒッチコックという固有名詞にも触れておきたいと思います。

ヒッチコック

小学校に上がったばかりの頃、上野の映画館で『サイコ』を見て、心底震え上がって以来というもの、今に至るまで、ヒッチコックのエロティシズムは、わたしにとって、いつまでも解きようのない途方もない謎のようにして残留しつづけています。この「サスペンス映画の巨匠」は、わたしにとって、スクリーンという波打ち際で起こる出来事の、恐ろしさ、快さ、おぞましさ、いとおしさといった解きほぐしがたいあまたの矛盾の総体を、一挙に開示してくれた特権的なシネアストでした。「サスペンス」という映画固有の情動的状態の強度をもっともドラマチックに現勢化してみせたヒッチコックは、一方で、ショット構成の効果をとことん追求した職人肌の演出家なのですが、他方、ショットの経済的効率性を超えて、何か異様な出来事をスクリーンの上に出来させる力を持つ天才的な映画作家でもあった。

その異様さとは、「恐怖に絶叫するブロンド女性」への彼の偏執に示されるような、フロイト的な深層心理のドラマにとどまらないものです。『サイコ』におけるアブジェクション(abjection)、『鳥』におけるサディズム、『マーニー』における異常性愛など、彼の映画には人がふつう潜在意識下に抑圧しているものを刺激する、強烈なエロスと恐怖が充塡されています。しかし、ヒッチコックの本当の凄さは、ゆるやかな弧を描いて二階から階下へ続く階段とか、ミルクの入った一杯のコップとか、度の強いレンズの嵌まった眼鏡とか、テーブルクロスの上に付けられた筋とか、雨の中にひしめき合う黒い傘の行列とか、とにかくそれ自体は取るに足らない些細なものを、いきなり異形の何かに変貌させ、映画の恐ろしさの根源を見せてくれる能力を備えていたという点にあるのです。

そうした映画の恐ろしさの本質がまさにスクリーンの「平面」性にあることを示す、一種の限界的な症例が、『海外特派員』という一九四〇年の作品の一シーンに見出されます。墜落してゆく飛行機のコクピットにキャメラが据えられ(むろんスタジオに設えられたセットでの撮影ですが)、操縦席の前の窓には、ぐんぐん迫ってくる眼下の水面が見えている。これはリア・プロジェクションという撮影技法によるもので、操縦席の窓というのは実はそれ自体スクリーンであり、「ぐんぐん迫ってくる水面の映像」が背後から映写されているわけです。やがて、飛行機がついに水面にぶつかる決定的な瞬間が訪れる。見る瞳と見られる対象とを隔てる距離が零になるのですね。

そのとき何が起こるか。ヒッチコックは、馬鹿々々しいと言えば馬鹿々々しいトリックを仕掛けていました。厚みのないぺらぺらの「平面」であるスクリーンの後ろ側から、その「平面」を破って、本物の水の奔流がコクピットのセット内にどっと侵入し、どこもかしこも水浸しにしてしまうのです。偽の奥行きであったはずのものがいきなり本物の深さそのものと化し、本物の水が逆巻く波となって打ち寄せてきたわけです。単なる水の映像であったはずのものが、不意に質量を備えた現実の水の量塊となって、まるで映画館の観客の姿勢と身振りを模倣するかのようにじっと操縦席の窓を見つめていた登場人物たちに襲いかかり、彼らを溺れさせにかかったわけです。

スクリーンとは波打ち際にほかならないという事実が、映画それ自体の内部でこれほどあからさまに語られている場面もないでしょう。しかも、映画の本質が「平面」の謎にあるというこの事実が、高踏的な芸術哲学のように語られるのではなく、まるで子ども騙しのような特撮のトリックで表象されている点に、わたしは言い知れぬ喜びを覚えます。この一シーンの詳しい分析をわたしはかつて「液体論――映画的交合とその異化」という論考で試みたこともあるので（『映画 n-1』所収）、ご興味のある方はどうかご参照くだされば幸いです。

萩原朔太郎、ゴダール、中江兆民

波打ち際の体験に関係する固有名詞として、他に萩原朔太郎、ゴダール、中江兆民といった名前を挙げて、そのことのゆえんをお話したいと思っていたのですが、残り時間が少なくなってきましたので、ごく簡単に触れておくにとどめます。

わが国の持ちえた最初の近代詩人と言ってもよい萩原朔太郎は、「田舎を恐る」という詩を書いています（『月に吠える』所収）。前近代の土俗性を恐れつつ、彼はその一方で、「この美しい都会を愛するのはよいことだ」（「青猫」『青猫』所収）云々と、東京という都市空間を無防備に「美しい」と形容してしまう。当然、彼は最終的には日本の近代の薄っぺらさにも幻滅することになるのですが、ともあれ、日本に近代性が訪れようとするその波打ち際で、壮絶な先覚者の宿命を生き、苦悩と絶望の中から前人未到の近代的な詩的言語を刻み上げた萩原朔太郎は、つねにわたしの讃嘆と偏愛の対象でした。

ジャン゠リュック・ゴダールの映画も、わたしを刺激しつづけてやみませんでした。映像と思考とをせめぎ合わせつつ、映画によって哲学を語るというより、映画を哲学そのものと化してしまったゴダール。映像と音響の衝突とずれゆきそのものを、未知の哲学的思弁として生成させたゴダール。『ゴダールの探偵』のラストに、かつて映画に登場したもっとも美しい波打ち際の映像が不意に出現します。朝焼けの照り映えを受けてきらきら輝くその水際のイメージに、「人はそれを暁と呼ぶのです、マダム」というセリフが重なりますが、それがルイス・ブニュエルの映画のタイトルの引用であることは言うまでもありません。

ここ六年ほど、わたしが専念していたのは明治の表象空間の分析なのですが、その作業の過程でわたしの興味は繰り返し中江兆民に立ち戻っていきました。明治という時代について知れば知るほど、わたしの中で福澤諭吉という思想家・教育者の偉大さへの感嘆の気持ちが大きくなっていきました。福澤がいなければ、今日、日本はまったく別の国になっていたでしょう。ひょっとしたら日本など今頃はもう地上に存在しなくなっていたかもしれません。偉人という言葉はこういう人物にこそふさわしいものでしょうが、ただし、福澤諭吉はどうやら、波打ち際の人ではなかったように思います。彼は運動の人、速度と明察の人であって、明治期において、極めつきの「波打ち際の思想家」と呼ぶべきは、やはり中江兆民に指を屈するのではないでしょうか。

兆民は主著と呼ぶべきものはただ一冊だけ、『三酔人経綸問答』しか残しませんでしたが、あまたの鋭い矛盾と逆説に引き裂かれ、いかなる綜合も拒否しているこの薄っぺらな著作には、汲めども尽きせぬ魅力が漲っています。彼は、一方で、自由民権を鼓吹する西欧派の啓蒙思想家でありながら、同時に、四書五経の教養に根ざす詰屈した漢文脈の文体を最後まで手放しませんでした。近代的な啓蒙思想と儒教的な知のシステムとの絶えざるせめぎ合いが、いかなる

「正論」をも脱構築してやまない兆民の思考の機敏な機動力をはぐくんでいるように思います。

兆民は、思想家としても哲学者としても大成しませんでした。翻訳者としてもジャーナリストとしても教育者としても、もちろん文学者としても大成しなかった。五十代半ばでの早世がその理由の一つでしょうが、しかしもっと本質的な理由は、彼がそこに佇立しつつ耐えていた危うい境界領域に漲る緊張感が、いかなるかたちにおいてであれ大成すること、円熟することを、彼に許さなかったからなのだと思います。福澤のそれとはまったく質を異にする兆民の魅力がそこにある。決して安易な綜合に赴かず、せめぎ合いの場の緊張を持ちこたえつづける兆民の、大成の拒否、円熟の拒否は、わたしを魅了してやみません。

3・11の衝撃

さまざまな固有名詞を列挙してきましたが、要するに、鋭い葛藤のただなかに身を置き、絶えず不安定に揺らめきつづける波打ち際のような場所で思考し、そこから語りかけ、そこに根拠を求めつつ作品を作りつづけてきた、そんな人々にずっとわたしは興味を惹かれてきたわけです。ただし、「心もとなさ」と「いとおしさ」という二概念に話を限定すると、波打ち際というトポスが何やら、ただひたすら快楽的なユートピアというか、退行的な安息と安逸のトポスのように見えてくることになるかもしれません。

昨年三月、東日本大震災が起き、東北地方沿岸の波打ち際が広範囲にわたって壊滅しました。東京に住むわたしはちょっとした「帰宅困難者」になった以外にはさしたる被害も受けませんでしたが、ほとんどの日本人と同様に暗澹とした気持ちになり、その暗い思いは今もなお晴れることがありません。わたしは被災地の実情を実際に見てはいませんが、メディアを通じてその惨状に接し、波打ち際とは何とも恐るべき場所だと痛感したわけです。

今日の話の最初の方で、波打ち際が不分明で不確定な境界だなどと申しましたが、そんな不分明な揺らめきの概念とのんびり遊び戯れている余裕など許さないような、途轍もない災厄が、突然起きたわけです。「あわい」の境域など、いともたやすく突破した大津波は、内陸深くまで徹底的に蹂躙し、多くの人命を奪い、それよりさらに多くの人々を難民化させ、今なお多くの日本人を茫然と立ち竦ませています。

テレビ画面に登場したおびただしい津波の映像は、公開に当たって何らかの選別が働いた結果でしょうから、それでもって災害の実態の全貌を推しはかることは慎むべきでしょうが、それでもそこには、わたしを徹底的に打ちのめすような衝撃がありました。波打ち際という空間が、ある異様な怪物性のイメージとして迫ってきたのです。それは、わたしがここまで何か「文人」的に称揚してきたような快楽的な生のトポスではもはやない。快楽とも恍惚とも無縁の、激越な暴力が跳梁するネガティヴなトポスです。「心もとなさ」も「いとおしさ」もへったくれもない、忌わしい場所としての波打ち際というものがあるのだと、思い知らされたわけです。そこで、冒頭で予告した三つの概念のうちの最後のもの、すなわち「荒々しさ」が問題化することになります。

多くの方々が亡くなられ、土地も建物も甚大な被害を受けました。波打ち際には、等身大の人間イメージをはるかに凌駕する何か、人間という概念そのものを否定し、蹂躙するような怪物的な何か、非人間的な何かが到来しうるということです。地震と津波と、福島第一原発の事故をきっかけに、わたしが改めて思い当たったのは、「心もとなさ」と「いとおしさ」に加えて、もう一つ、とりあえず「荒々しさ」と呼んでおきますが、ある非情な暴力の次元、ある非人間的な怪物性の次元を付与して思考するのでなければ、「波打ち際」のイメージを十全に捉えることにはなるまい、ということでした。

人間主義の無力

ご存知のようにフーコーは、『言葉と物』の最終節で、「いつか人間は、波打ち際に描かれた砂の表情のように消滅するだろう」と、黙示録的な口調で語ったことがありますが、波打ち際のトポスをめぐるそうしたフーコーの言葉のなまなましい予言性が、改めてせり上がってきたような気がいたしました。あるいはまた、J・G・バラードが一九六〇年代前半に書いた「終着の浜辺（The Terminal Beach）」という短篇がありますね。かつて核兵器の試験場に用いられていた島を孤独にさまよいつつ、ゆっくりと衰弱し、死に近づいてゆく男の物語ですが、そうした陰々滅々とした不可避の「熱死」のヴィジョンが、突如として異様なリアリティを持ちはじめました。それとともに、バラードによる波打ち際のイメージの予言性が、こちらもまた不気味にせり上がってくるということがあったわけです。

そこで、波打ち際の「荒々しさ」というものが改めて問題化されなければならないだろうと思いますが、正直に言えばこれはわたしにとってまだ未知の領域で、それを今後どのように展開できるかはわかりませんし、さしあたりは何の展望もありません。

ただ、たしかなことは、波打ち際をめぐって、ヴァレリーにとっての地中海の浜辺のような、つまり『海辺の墓地』のような、平穏で調和のとれたプラトニズムの支配する空間のみを思い描いてしまうとすれば、それは片手落ちであるだろうということです。波打ち際には端的に、荒々しい何かがある。千年に一度か何か知りませんが、想定内であろうが想定外であろうが、あの巨大な津波はつい去年起こったのだし、今後もまたいつ起こるかわからない。われわれはそれに脅えて暮らすしかありません。

ヴァレリーは、南仏のセートの町で送った自身の幼年時代を回顧して、「地中海的霊感」というエッセイを書いています。その後段で、地中海についてこう言っています。地中海とはいったい何かというと、それは人間的な尺度で測れる海なのだと。プロタゴラスの「人間は万物の尺度である」という言葉を引用しつつ、地中海とは人間化された海なのだと語っているのです。つまりヴァレリーの波打ち際というのはそうした人間化された海に面した浜辺なのであって、昨年、われわれ日本人が体験した出来事は、そうしたのどかな人間主義そのものを一挙に打ち砕いてしまう何かだったと言うほかありません。

波打ち際に生きるとは

あの震災後、どんな本を読みましたかと、ある雑誌のアンケートで尋ねられたりしましたが、実はわたしは本というより、むしろ地図を眺めておりました。『復興支援地図』といった特殊な地図も買ってみたりしましたが、それよりむしろ、ただの普通の日本地図や世界地図を繰り返しじっと見ておりました。そこで改めて、「海やまのあひだ」という折口信夫の言葉がわたしの脳裡に甦ってくることになりました。地図で日本の太平洋沿岸を辿り直しながら、改めて実感したのは、日本というこの国自体、一つの大きな波打ち際なのだということです。極東という言葉がありますが、まさに日本は極東なのだと、わたしは迂闊にも、生まれて初めて実感したような次第です。

われわれは古来、波打ち際で生きてきた民族なのだという思いに、わたしは圧倒されました。それはしかし、きわめて危うい場所であり、その危うさの感覚は、恐らく大陸の民には共有されえないものなのではないか。中国人、フランス人、ロシア人、アメリカ人といった大陸の民の精神世界とは根本的に異質な、波打ち際に生きる民族特有の、感情と知と倫理のかたちがあるのだと思います。地中海の人間主義とはまったく無縁の、ただひたすら茫漠とだだっ広い太平洋に、われわれはさらされているわけです。その露出のさまは、心もとなさやよるべなさを惹起せずにはいませんが、その感情はまた、荒々しい何かへの怯えに深く浸されてもいるものです。

日本人はそうした場所に住み着いて、はかないものへのいとおしみに執着し、その感覚を繊細に洗練させてきた民族なのだと思います。と同時にわれわれは、心の奥底で、沖の彼方から波打ち際にいつなんどき到来するかもしれない荒々しいものに、絶えず怯えつづけてきた。他方また、そうした怪物的なものに荒々しく蹂躙され、いっさいの家財を失っても、たちまち気を取り直し、木と紙で出来た家をただちに再建してしまうような、しぶとさ、たくましさを持ってもいる。いつまでも打ちのめされたままではおらず、ただちに立ち上がって生活を立て直し、昨日を忘れ今日に生きる、そんなオプティミスティックな現世主義・此岸主義に助けられて生き延びてきたわけですね。そういうものが、わたし自身がそこに生まれ、わたしの深層意識をはぐくんできた地政学的伝統なのだと、改めて考えたのです。

震災の後、多くの人々と同様、わたしもまた柳田國男の『遠野物語』の一節を思い出しました。『遠野物語』の断章九九は、大津波で妻と子どもを失った男を主人公とする、一種の幻想的な怪奇譚です。大津波に妻と子どもがさらわれてから一年経ったある日、男がふと月夜に誘われて外に出てみると、妻の幽霊と出会います。妻は昔の恋人と連れ立っていて、「もうこの人と一緒になったから」と言う。男はいつの間にか、かつて住んでいた家の近くの渚に来ています。「子どもが可愛くないのか」と男がなじると妻は泣き、そのまま何も言わずに、恋人と一緒にふっと消えてしまったという、そうした非常に印象深い、波打ち際の物語なんですね。

遠野は海岸から五十キロほど離れていて、今回の震災でも津波には見舞われず、今では復興のための後方支援基地のような役割を果たしていると聞きますが、海岸から離れた遠野で柳田が採集した物語の中にも、海の記憶、波打ち際の記憶がそんなかたちで浸透しているわけです。『遠野物語』の中には、他にも、浜辺に異人が漂着し、そこに住み着いてコロニーを作っていたという伝承などが含まれています。われわれは何しろ「海山のあひだ」に住まう民ですから、内陸に居を定めていても、波打ち際が絶えず意識の中にあり、外部の異界からそこに到来するものをいとおしみ、かつまたいとわしく思う気持ちがあるわけですね。

もちろん『遠野物語』で柳田の興味の中心を占めるのは、海ではなくむしろ山です。山の民、山人、つまり山男や山女といった「サンカ」の主題の方こそが彼の民俗学にとっての主要な関心事だったのですが、しかしそこに絶えず、そこはかとなく海の影が射しているという点が、重要なのではないでしょうか。

ところで、わたしが数年前に書いた『半島』という長篇小説も、いわば波打ち際の物語です。物語の最後で、火事というカタストロフが起こり、島と本土の陸地を繋ぐ橋が焼け落ちて、そこで物語がぷつっと断ち切られるという趣向なのですが、しかし今改めて思うのは、波打ち際の主題の文学化の試みとしては、まだ甘かったなということです。波打ち際の持つ荒々しさの次元に、まだまだ想像力が届かなかった、考えが浅く認識が甘かったと反省しています。わたしに残されたこれからの歳月で、この波打ち際の暴力の次元に、何とか自分なりの言葉を与えるべく、努めてみなければなりません。

「ある一つの生……」

そろそろ締め括りに入らなければなりませんが、最後に、ジル・ドゥルーズという哲学者の遺作についてひとこと触れておきたいと思います。

晩年、呼吸器の重篤な病に冒されていたドゥルーズは一九九五年の十月に、みずから命を絶ってしまうのですが、彼の生前、最後に活字化されたテクストは、その年の『Philosophie』という雑誌の九月号に掲載された「内在性――ある一つの生……」という題名のきわめて短い論考でした。フランス語の原題で言うと“L'immanence: une vie...”ということになりますが、つまり定冠詞の付いた“l'immanence”（内在性）と、不定冠詞の付いた“une vie”（ある一つの生）と、その二つの言葉がぽんと並べられ、その後にやや意味不明の不思議な中断符が続く、そんなタイトルの文章なんですね。

「内在」というのは普通、何かの中にある、ということですね。ところがドゥルーズは、単に何かの中にある、何かに帰属してあるというだけの「内在」ではなく、「純粋な内在」があるのだと言います。どんな対象に依存することもなく、どんな主体に内属することもなく、「もはや自分以外の何かの内在ではなくなってしまった」ような「内在」。それを彼は「内在の内在」「絶対的な内在」とも呼んでいます。

ドゥルーズは、この「純粋な内在」の概念を、彼のいわゆる「超越論的経験論」の中核に据え直したうえで、それをまた「ある一つの生」とも言い換えます。そして、「内在の内在」「絶対的な内在」である「ある一つの生」は、「力であり、まったき至福でもある」と言うのです。この論文は「内在性」の概念の分析ですが、同時に、ある意味でフランス語の不定冠詞をめぐる考察としても読めるのが面白いところだと思います。「ある一つの」という不定冠詞が個物に賦与しうる、「力」と「至福」について彼は語っているわけです。

「わたし」自身をめぐって、面映ゆい気持ちをこらえつつ縷々お話してきた今日の講演の最後に、わたしはぜひとも、この「力」と「至福」という言葉を置いてみたいと思ったわけです。ドゥルーズは、「ある一つの生」は個体性の概念とは重ならないのだと言っており、従って今わたしが示唆しつつあるようなかたちで、あまり実人生の問題に引きつけ過ぎて語るのは良くないことかもしれません。ただ、わたしが面白いと思ったのは、ドゥルーズがこの文章の中で、「ある一つの生」の「力と至福」を説明するために、乳児の例を挙げていることです。生まれたばかりの新生児というのは、似たり寄ったりで、際立った個体性はほとんどないのだ、と。

ただし、そうした乳児の笑み一つ、仕草一つ、顰め面一つに、主体の個性とは無縁の、喜ばしい出来事性がある、と彼は言います。

“une vie”の“une”というのは「ある一つの」といった意味の不定冠詞ですが、それはその「生」が非決定であることを意味するわけではありません。そうではなくて、「不定としての不定冠詞」は「内在の決定もしくは超越論的な決定可能性を記している」のだと彼は言います。「ある一つの」というのは、内在さえも収容しうる超越性のしるしではなく、むしろ多様性と複数性のしるしなのです。

彼はこう書いています。「一つの生が収めるのは潜勢的なものだけだ」——「潜勢的」というのはつまり、ヴァーチャルということですね——「一つの生は、潜勢力、特異性、出来事からなる。潜勢的と呼ばれるものは、現実性を欠いた何かではない。そうではなく、それに固有の現実性を与える平面にそって、現勢化のプロセスに入っていくものだ」と。潜勢的なものが現勢化する、ヴァーチャルなものが現勢化（actualisation）のプロセスに入ってゆくこと、それが「ある一つの生」なのだ、と。

潜勢力、特異性、出来事

今読み上げた数行に含まれる、「潜勢力（virtualité）」「特異性（singularité）」「出来事（événement）」という三つの言葉に、わたしは深い感銘を受けました。冒頭でも申し上げたように、わたしは今、五十八歳という老いのとば口の時点に立っていて、わたしの前にはまだ何ほどか、生の時空が残されています。そこにおいて「ある一つの生」をどのように体験してゆくことになるのか。それは「力」であり「まったき至福」でもあると――それは「潜勢力」と「特異性」と「出来事」とから成る何かであり、それを生きるとはそこに潜在する特異な出来事を現勢化してゆく営みなのだと、そう信じられるとすれば、これはすばらしいことではないでしょうか。ドゥルーズの提起した「純粋な内在」、「ある一つの生」といった概念が、わたしの老年にある幸福なヴィジョンを開いてくれたように感じるのです。

このテクストは、いつもながらのドゥルーズの、朗らかな向日性と後戻りのない運動感の漲る楽天的な筆致で書かれています。しかし、これを書いた直後、彼がパリのアパルトマンから身を投げてしまったことを思うと、少々複雑な気持ちにならざるをえないのは事実です。そのあたりの微妙な機微が、このテクストの題名の最後に添えられた中断符に窺われるのかもしれません。彼は、「ある一つの生……」と呟いたわけです。バルコニーから身を乗り出した瞬間に、彼の顔にはどんな表情が浮かんでいたのでしょうか。

すでに申し上げたように、わたしは最近、『不可能』という長篇小説を書き、そこでは傘寿を超えた一人の老人を主人公にしました。この作品はもし三島由紀夫が生き延びて老人になっていたら、という設定で一種のパラレルワールドを構築してみたものですが、ただ、わたしは別に三島由紀夫などどうでもよかったのです。あまり興味の持てる作家でもありませんし……。わたしとしては、この作品は何よりもまず、老いという人生の一様態をめぐる小説的な思弁であり研究でした。その手掛かりとなるべき好個の一症例として、「平岡」（三島の本名は平岡公威です）という八十代の老人を架空のキャラクターとして登場させてみたにすぎません。

そして、今思うのは、この老いという問題に、「内在の内在」をめぐるこのドゥルーズの議論を接続することも可能ではないかということです。老いとともに人は幼児に戻るなどと言われることがありますが、ドゥルーズは個体性を持たない乳児たちの笑み、仕草、顰めっ面のうちに、比類ない出来事性があると書いている。もし老人が幼児に還るのなら、老いの身体と意識にも、これに似た一種特異な出来事性が開花しうるのではないか。すでに申し上げたように、記憶力の衰えや知力・体力の減退といった否定的側面とは別のこととして、老いをめぐるポジティヴな何かが語れないかとわたしは考えていたのですが、ドゥルーズの言う「純粋の内在」「絶対的な内在」、そして不定冠詞の添えられた「ある一つの生」という概念は、わたしに喜ばしい示唆を与えてくれました。老いは人に「ある一つの生」をもたらし、そこに、新たな潜勢力、新たな特異性、新たな出来事の地平が開けるのではないか、ということです。

そして、その地平こそまさしく、人間個体の等身大の尺度をはるかに超えた、荒々しい何かをも包含しうるものなのかもしれません。実際、ドゥルーズはこの小さなテクストの中で、この超越論的経験論には「何か荒々しく力強いものがある」とも言っています。わたしが主人公に設定した「平岡老人」も、実のところ、静かな無表情の下に、ある恐るべき荒々しさを秘めた人物でした。

今、この波打ち際で

先ほど、授業をしているとき教室に一種の波打ち際が現出するというお話をいたしました。ところで、今、わたしが皆さん方に向かって語りかけているこの空間も、考えてみれば、ある種の波打ち際なのだと思います。わたしの発する言葉の波が皆さん方に向かって打ち寄せてゆくわけですね。しかしそれと同時に、皆さん方の方からもまた、声としては響かない何かがわたしに向かって打ち寄せてきます。皆さん方が耳を澄まし、わたしの言葉を受け取ってくださっているという事実自体が、——すなわち積極的な行為としての「聴取」という出来事それ自体が、わたしの精神と身体に、ある心地良い波動となって伝わってくる。

これはまさに、そうした喜ばしい出来事の空間にほかなりませんでした。一時間半にわたってそういう快い波打ち際の体験をわたしに味わわせてくださった皆さん方に、改めて心からお礼を申し上げつつ、本日の講演を終わらせていただきます。どうも有難うございました。

最終講義

Murdering the Time——時間と近代

二〇一二年四月二十六日
東京大学駒場キャンパス・十八号館ホール

「白ウサギ」と「赤の女王」

これからお話しする内容をひとことで言いますと、「ルイス・キャロルの三つの時計」ということになろうかと思います。もっと正確に言えば、「二つの時計」と「一つの時計」、そしてその間の差異ということになります。つまり、キャロルのアリス譚の中に二種類の違った時計が登場し、その間に対立と葛藤があるということをお話ししたいのですが、そう言っただけではむろん何のことやらおわかりにならないと思いますので、これから徐々に説明してまいります。

ところで、わたしは先日、『波打ち際に生きる』という題で「退官記念講演」を行ない、大学を去るに当たっての感慨を縷々述べました。そして本日はまた性懲りもなく「最終講義」ということで、何やら虚栄心からこうしたことばかり図々しくやっていると受け取られそうで、いささか気が引けるのですが、実はもともとわたしは、「最終講義」というセレモニーはぜひともやっておきたいと思っておりました。東大駒場で二十一年間続けた教員生活の総括と言いますか、自分なりに決着をつけたいことがあり、そういうわけで今日は学生の皆さんに向かって(学生でない方々もかなり混ざっていらっしゃるようですが)、ここ数年考えてきたことを圧縮してお話ししてみよう、投げかけてみようと思います。つまり今日のこの場はあくまで授業ということになります。

では、最後の授業を始めます。

本日の講義のテーマは、時間と近代という巨大な問題です。もちろんこれについては、すでに社会学や文化人類学や歴史学や文学研究など、様々な分野で多くのことが語られ、豊かな知見が蓄積されています。本来はまずそれらを要約・整理して見通しをつけるところから始めなければならないのですが、今日は余裕がないので、残念ながらそうした手続きはいっさい割愛しなければなりません。わたしが今日やりたいことは、時間の本質をめぐる哲学的議論ではなく、また時間意識の史的変遷の精密な跡づけでもありません。ただ単に、近代以降の重要なテクストに時間の主題がどのように現われているかを、やや恣意的な選択に基づいて点描しつつ、そこに、「時間システム」の拘束とそこからの解放の欲求という葛藤の構図を炙り出してみようというささやかな試みにすぎません。

ルイス・キャロル（一八三二―一八九八）が一八六五年に発表した『不思議の国のアリス』は、皆さんよくご存知のように、「白ウサギ」が登場するところから始まります。土手の上で本を読んでいるお姉さんの傍らで、アリスが手持無沙汰にしていると、「白ウサギ」が走ってきて“Oh dear! Oh dear! I shall be too late!”（「まずい！　まずいぞ！　遅刻してしまう！」）と独りごとを言う。ウサギは急いでいて、チョッキのポケットから時計を取り出し、それを見ます（図1）。「三つの時計」と申しましたが、これが第一の時計です。アリスはウサギが人間の言葉を喋るのは別に変だと思わなかったけれど、懐中時計を取り出したのには本当に驚いた、と書いてある。「チョッキのポケットから時計を」の部分はイタリック体で強調されてもいる。

図1　『不思議の国のアリス』より
（ジョン・テニエルによる挿し絵）

この時計がやはり、非常に重要だということですね。ウサギは何かに急き立てられていて、大慌てで穴に飛びこんでしまう。何に急き立てられるかというと、時間に急き立てられているわけです。

分秒刻みの時間に「急き立てられること」、何かに「間に合うこと」、あるいは間に合わずに

「遅刻すること」、等々といった一連の強迫観念が、近代以降の、少なくとも文明国に暮らす人々の意識を拘束するようになっていったと考えていいでしょう。それは、日常生活の中でも絶えず時計を参照するようにと身体を訓育したりもするわけですが、意識と身体に相渉るこうした拘束の制度を、今仮に「近代的な時間システム」と呼んでみたいと思います。「白ウサギ」はこのシステムの模範的な順応者として登場し、そのことのユーモラスな違和感が少女アリスを魅惑し、穴の中まで後を追わせることになるわけです。

キャロルの第二の時計が登場するのは、『不思議の国のアリス』の続篇で、一八七二年に刊行された『鏡の国のアリス』の一場面です。アリスは鏡面の向こう側の世界に入っていってしまうのですが、そこで「喋る花々の庭」を抜け、「赤の女王」と出会います。これはトランプのクイーンではなくてチェスのクイーンですが、この女王はアリスに、「あんた、どこから来たの?」と訊ねてから、「顔を上げて丁寧に話しなさい」「指をもじもじさせるのはやめなさい」などと立て続けに命令します。そしてアリスの返答にいろいろ理不尽な難癖をつけるのですが、そのなかに、“Curtsey while you're thinking what to say. It saves time.”(「次に何と言おうか考えている間に、お辞儀をしなさい。時間の節約になるから」)という言葉が出てきます。curtseyというのは、西欧で育ちの良い女性が、両手の指でスカートをちょっと持ち上げて膝を曲げ、小腰をかがめてする例のあのお辞儀のことですが、考えているあいだにそのしぐさをすれば、時間が節約できるのよ、と。ここでも時間が問題になっている。その少し先で女王は、時計を見ながら（これが第二の時計です）、“It's time for you to answer now.”（「さあ、返事をする時間ですよ」）と、少女を急き立てます（図2）。

アリスはこの権柄ずくの女王に、時間を節約すること、「時間通りに」つまり「定刻に」何かを行なうことといった、時間をめぐる倫理の遵守を要求され、かつまたそれとパラレルに、身体所作のマナーを強制されてもいる。時間をめぐる節倹やパンクチュアリティの倫理が、ヴィクトリア朝の英国で、躾けの厳しい上流階級の少女に課される身体的規範とセットになって

図2　『鏡の国のアリス』より

出てきている点に、注目したいと思います。ちなみにルイス・キャロルをペン・ネームとしたチャールズ・ラトウィッジ・ドッジソン自身も、生涯きわめて厳格でパンクチュアルな日常生活をおくった、謹厳な大学人でした。

実際、こうした倫理や規範に背かないようにするためには、必死の努力をしつづけなければならない。ふと気がつくと二人は駆け出していていて、「もっと速く！　もっと速く！」と「赤の女王」が叫ぶのに従って、何が何だかわからないままアリスは息が切れるほど走りつづけるのですが、へとへとになった彼女がついに立ち止まってみれば、そこは二人が元々いた同じ木の下でしかない（図3）。女王の説明によれば、この国では同じ場所にとどまるためにさえ思いっきり走らなければならないのだと。そして、「どこか別の場所に行きたいなら、少なくともその二倍速く走らなきゃ！」というわけです。速く、速く、もっと速く——そうしなければ間に合わないのだ、どんどん遅れていってしまうのだという強迫観念が、西欧の資本主義社会全体をヒステリックな熱病のように冒しはじめた時代に、キャロルはこの一見無邪気な寓話を書いている。

最初の「白ウサギ」の時計は、独裁的な絶対君主のように彼の行動を束縛し支配しており、「白ウサギ」はその支配に屈する受動的な客体でしかない。しかし、第二の時計は、女王がそれを所有し管理し、それを支配の道具として臣下の上位に君臨するための時計です。女王はむしろ時間を支配する側に与しており、その時間の支配を通じて臣下を支配しようともしている。

図3　『鏡の国のアリス』より

近代人は、時間に支配され、時間にコントロールされながら、翻って逆に時間をコントロールし、時間を支配する主体としてみずからを形成しようとするわけです。時間をめぐる支配と被支配の絡み合いのただなかにかたちづくられる、一種パラノイア的な主体性が、近代的心性を徴づける或る重要な特質なのではないかとわたしは思うのです。

ところでルイス・キャロルはもう一つ、第三の時計を登場させています。これは以上の二つとはまったく性質を異にするものであり、後でご紹介することにします。そこでまず、この最初の二つの時計に内在する強制力について、他のテクストを参照しつつ、もう少し詳しく見てみたいと思います。

ダーウィン——物理学的時間の出現

これらの時計が持つ強制力とは、いったいどういうものか。それが何よりもまず、きっちりと科学的に計測され、分秒の単位まで分節化された時間の、「厳密さ」「正確さ」の概念と不可分であることは明らかでしょう。つまりそれは、意識が感受する漠然とした時間観念ではなく、主観の外にある(ことになっている)客観的なメジャー(物差し)としての時間、外在化された制度としての時間、つまり時計の針が機械的に刻む時間なんですね。「白ウサギ」が気にかけているのは、また「赤の女王」が時計を見ながら"It's time!"と宣告するのは、「お腹が空いたから、そろそろお昼ご飯かな」というような時刻のことではない。それは、個人が好き勝手に進めたり遅らせたりすることの許されない時刻、計測機器としての時計が容赦なく押しつけてくる、厳密かつ正確な時刻です。

これは十七世紀の科学革命と、それを主導したニュートンの言説あたりに端を発し、徐々に西欧の一般大衆に浸透していった時間の概念だと思います。そして、そうした科学的な時間、ないし物理学的な時間が、歴史意識をめぐる知的言説の舞台にまでせり出してきたのが、十九世紀半ば頃のことではないかと思うわけです。十九世紀後半以降、主体の外に外在化された基準ないし制度としての物理学的な時間が、単に産業革命以後の資本主義社会に暮らす人々の労働生活を律するだけではなく、歴史的記憶の分節化と結びつき、人文学や社会科学の言説空間にまで君臨するようになってゆく。その決定的なきっかけになった言説の一つは、ダーウィンの『種の起源』だったのではないかとわたしは考えています。

チャールズ・ダーウィン（一八〇九―一八八二）が提起したのは、「個体差」と「自然選択」の二概念を軸として、生物の進化の過程を統合的に説明する科学理論です。『種の起源』の刊行は一八五九年ですが、これが『不思議の国のアリス』とほぼ同時代の英国で出現したのは偶然の符合ではないでしょう。ちなみにキャロルもご存知の通り数学者で、もともと理系の知性の持ち主です。

生物学史における『種の起源』の意義、さらにはそれが近代の知的世界に及ぼした影響について語ろうとしたら、これは時間が――それこそ時間が！――いくらあっても足りないのですが、ここではさしあたり、この著作がキリスト教的世界観の陣営からも、生物学の他のさまざまな立場からも、激しい批判や攻撃にさらされたという事実に注目しておきたいと思います。

フロイトは、西欧のナルシシズムが蒙った三つの傷として、コペルニクス、ダーウィン、そして自分自身すなわちフロイトがあったと言っています。コペルニクスは天動説を否定することで、人間精神に宇宙論的な屈辱を与えた。ダーウィンの進化論は、生物学的な屈辱を与えた。最後に、「無意識」の働きをめぐるフロイト自身の思想は、心理学的な屈辱を与えたのだ、と。たしかに十九世紀中葉、ダーウィニズムの通俗化された説明として、「人間の先祖は猿だった」というような形で、センセーショナルな賑やかしが当時のジャーナリズムに氾濫し、これは当然、ホモ・サピエンスを他のいっさいの動物から隔絶して高尚だと信じたい「文明人」のナルシシズムを傷つけずにはおかなかったでしょう。また、一九〇〇年に発表されたフロイトの『夢の解釈』を端緒とする精神分析理論は、無意識の夜の闇の深みに、昼の間の行動を支配する欲動（しかも性的な！）が潜んでいると宣告したわけで、こうした思想は、自分の振る舞いを理性によって完全にコントロールしていると信じたい者にとっては、侮辱的と映らざるをえなかったでしょう。

ともかくそういうわけで、進化論は、西欧の形而上学の伝統的な人間中心主義を揺るがせずにはおかなかった、或る種の「外傷的」な出来事なのですが、そのトラウマ性は、ダーウィン理論のうちに胚胎される時間観にも関わってきます。

『種の起源』の第十四章で、ダーウィンがあらかじめ自分の学説に対する反論を想定し、それに再反論しようと試みている箇所があります。ダーウィン理論は、個体差によって淘汰が行なわれ、徐々に、漸進的に生物が進化してゆくという考えかたですが、もしその通りだとすると、進化途中の「中間的変種」が化石の形で数多く見出されて当然なのに、それは発見されていない。いわゆる「ミッシング・リンク」の問題ですね。「なぜ、化石遺骸をいくら収集してみても、生命の諸形態の漸次的差異と変化とを明白に示す証拠が得られないのであろうか。われわれはこのような証拠に出会うことがないので、そのことは、私の学説に対する多数の異論の中でもっともはっきりした、そして有力なものとして、挙げられるのである」（八杉龍一訳）。ダーウィンは自分自身に向けられるであろう批判を先取りして、こう指摘します。そして、これに対して彼の向ける再反論は次のようなものです。

なぜ「中間的変種」の化石が発見されないか。自分が論じている生物の進化の歴史は、人がふつう想像するような時間をはるかに凌駕する、長い、長い、長い時間にわたるものだからだ、というのが彼の答えなのですね。「なぜなら、時間の長さは人知ではとても考えられないほど大きなものだったからである。どこの博物館にある標本にしても、その数は、かつて存在したに相違ない無数の種の無数の世代とは、まったく比較にならない」。つまり、自分に対して向けられるかもしれない反論は、物理学的時間というものの途方もないスパンを理解していないから出てくるのだというわけです。「もしも時間の間隔を十分長くとって眺めてみるなら、地質学は、すべての種は変化してきたものであることを、そしてそれらの種は、私の学説の要求する通り緩徐に、漸次的な変化の方途で、変化してきたということを、明白に宣言する」。これがダーウィンの自説擁護です。

科学と想像の逆説

ここで彼は、均質に拍を刻むニュートン的時間、分秒にまで単位化された物理学的時間とは、人間の主観的なイマジネールをはるかに凌駕した何ものかであり、進化とはそうした「想像しえない」時間の中で進行してきた、そして今なお進行している出来事だと主張しているのです。種Aから種Bへ、「緩徐に」つまり漸進的に進化してきたとダーウィンは言うが、化石に証拠を求めるならAB間の「中間的変種」はなく、種Aとはまったく異なる種Bが或るとき突然出現したとしか見えない、だからやはり、神による種の創造が行なわれたのだ——ついこう考えてしまう人々がいるのは、普通一般の「人知」には、「緩徐な」進化にどれほど長い時間がかかるかという概念を持つことが困難だからだ、と。「中間的変種」はたしかに存在した。それが化石となって残っていないのは、「大多数の地層は断続的に積み重なったものであって」「それらの継続期間は種の形態の平均存続期間よりも短いものであった」から、すなわち単に「地質学的記録が不完全である」からにすぎない。こうダーウィンは言うわけです。もっとも、二〇世紀以降のネオダーウィニズム（総合進化説）には、漸次的過程に加えて突然変異による突発的な種の変化という考えかたも組み込まれるようになっていきますが、そのことはちょっと脇に置いておくことにします。

ここには一種の逆説があります。科学と想像を対立させた場合、ふつう、科学は目の前の堅固な現実を相手取り、地に足を着けてやるもので、他方、想像力は科学的認識をはるかに超え、現実離れした世界へと飛翔するものだ、とわれわれは考えます。ところが、ダーウィンによれば、人間が想像しうる時間は、生身の身体とそれを取り巻く現実からの類推によってせいぜい届きうるほどの、高の知れたものでしかないのだ、ということになります。一方、生物の進化を可能にした物理学的時間こそ、「現実離れ」しているとしか思えないほどの途轍もなさを、——非人間的と言ってもいいような超越的ヴィジョンを、孕んでいることになる。

進化論に内在する時間観の核心は、この逆説にあるとわたしは思うのです。ラカンの用語で言えば、「想像界」からは外在化され、客観的な知の基準枠として提起されたこの時間観念は、超越的な「象徴界」に属するということになろうかと思います。時間が、象徴秩序に属するリジッドな制度として出現し、聳立するようになったということですね。キャロルの二つの時計が体現している時間とは、それなのです。

今日でも、進化説を受け入れない国はまだあるわけで、ご存知のようにアメリカ合衆国では、キリスト教原理主義者の勢力が強くて進化論を学校で教えない州もあり、政治的な紛争に発展したりしています。彼らは『聖書』に書いてある神の天地創造から始まる物語はすべて事実であると主張する。では、キリスト教原理主義者たちが時間というものをどのくらいのスパンで考えているかというと、だいたい天地創造が五千年前とか一万年前といった感じなんですね。

一万年前に神が世界を創造し、その後すべての生物種の一つ一つを神が創造したという物語になってくる。まあ今年は西暦二〇一二年ですけれど、一万年というタームは、だいたいのところ人間の想像力で追いつくことができる年月なんです。だから、そのフレームの中で考えているかぎり、進化と言うけれども「中間的変種」が存在した証拠がないじゃないかというような反論が、いくらでも自然なものと見えてしまう。

ところがダーウィンは、そうした『聖書』的な時間、つまり人間の物語的想像力が創り出した時間は、この問題を考えるには値しないのだとして一蹴してしまいます。今日の科学理論の通説では、だいたいビッグバンが百三十七億年前、地球の誕生は四十六億年前、バクテリアが発生したのは三十八億年前といったことになっているようです。これらは一万年とは「比べものにならない」時間ですね。相対的にどっちが長い短いという話ではなく、この二種の時間の間には決定的な質の差異があると思います。このような、想像しようとしても想像しきれない時間というものの――個人が自己のイマジネールの延長によってはカバーしきれない物理学的時間というものの、還元不可能な他者性のヴィジョンを、圧倒的な迫力で提起した決定的な著作が、『種の起源』だったのではないでしょうか。以来、時間をめぐる科学的な「知」が、人間の等身大のイマジネールから乖離した異物として、他者として、あるいは時としては怪物として、人間にのしかかり、人間を脅かすようになったということです。それは、生物学の学説史の問題という狭い領域を越え、言説空間に様々な波及効果をもたらしていきました。

そういう意味で『種の起源』は、一種のdiscours fondateurs――「創発的言説」とでも訳しておきましょうか、そんなふうに呼んでもよい言説の一つだったと思います。「創発的言説」とは、これまであった様々な概念や認識や問題を集大成し、或る統一を与えるとともに、そのサンテーズによってそれらの概念群、認識群、問題群を批判的に組み替え、最終的に独創的な知のフレームワークを創り出してしまう、画期的な言説のことです。断絶と連続とをともども創り出してしまう、言説的な出来事、出来事としての言説です。それは既存のものの批判的綜合であるとともに、未来にわたってあまたの二次的言説を産出し、基礎づけてゆく(fonder)潜勢力を備えた、決定的に大きな言説であり、たとえば『資本論』や『ツァラトゥストラはこう語った』や『夢の解釈』などがその好例でしょう。

その出現以後、「創発的言説」の周囲に、後続する無数の二次的言説が繁茂してゆくことになるわけで、その中でいちばん単純なものはvulgarizationと言いますか、通俗化の言説ですね。日本の出版界で言えば新書のたぐいや雑誌記事のようなものです。ダーウィン理論をめぐっても、初歩的な解説や絵解きのようなものがジャーナリズムに氾濫しました。また、そうした単なる大衆化の水準を超えて、元の言説を生産的に継承し、補足したり訂正したり、新展開を示したりする言説も出るでしょう。さらに、それへの批判や攻撃も当然出るでしょうし、模倣や剽窃やパロディも出るでしょう。それが他分野に影響力を波及させ、そこでの新展開を駆動することもあるかもしれません。そのような「創発的言説」の一つとして、『種の起源』が一八五九年に出現したことの意味は大きかったと思います。ちなみに『不思議の国のアリス』だってもちろん、文学の領域における一種の「創発的言説」だったのです。

ミミズの創り出す「時間」

では、『種の起源』という「創発的言説」から派生した二次的言説として、どういうものがあるのか。これはいろいろあるわけですが、ちょっと面白い例をまず一つご紹介しておくと、本家本元のダーウィン自身が後年、自著の『種の起源』のための一種の傍証としても読めるような、興味深い小著を書いています。一八八一年に刊行されたダーウィンの遺作、つまり彼の生前の最後の著書は、何とミミズに関する研究なんですね。『ミミズの働きによる肥沃土の形成——付録・ミミズの習性の観察(The Formation of Vegetable Mould through the Action of Worms, with Observations on their Habits)』というのが原題ですが、『ミミズと土』という題で邦訳が出ています(渡辺弘之訳、平凡社ライブラリー)。この小さな本は尽きせぬ魅力に溢れています。啓蒙的な科学エッセイで有名な古生物学者のスティーヴン・ジェイ・グールドをはじめ、この本のファンは沢山いるようですが、わたしもその一人です。

まず、あの偉大な科学者ダーウィンが、彼の生涯の締め括りとも言うべき最後の研究の対象としたのが、あの見栄えのしない、どこにでもいる、ありふれた、臭くてぬるぬるした、美しいなんてお世辞にも言えない、というよりむしろ端的に薄汚い――もっともっと形容詞を連ねることもできますが、とにかくそういう環形動物だったということ、わたしたちはこのことにまず、少々不意を打たれた気持ちにならずにはいられません。しかも、彼がミミズについての最初の論文を書いたのはまだ二十八歳、一八三七年のことで（ロンドン地質学協会で口頭発表した「土壌形成について（On the Formation of Mould）」）、晩年の小著は、これ以後実に四十数年にもわたって根気良く続けられた探求の結晶なのだということを知ると、わたしなどは本当に興奮してしまいます。

ダーウィンは、一人の人間の生涯にとって非常に長いと言って差しつかえない「時間」を、この小著の完成に捧げました。では、その小著が主題としているものは何か。他でもない、この同じ「時間」そのものなのです。

それはどういうことか。ここでダーウィンが証明しようと試みた命題は、ミミズが肥沃土を作るということです。ミミズたちは小石混じりの土を呑みこんではそれを排泄しつづける。長年月にわたって数多のミミズがそれを繰り返してゆくうちに、小石は細かく砕かれ、作物の生育に好適な肥沃土が形成されてゆく。これは非常に緩慢な過程であり、ミミズを解剖してみたり、何日、何週間か観察したりといった程度のことでは、その過程はとうてい明らかにはなりません。この命題を証明するために彼は、ミミズの生息テリトリーと肥沃土の形成過程を四十数年にわたって観察しつづけた。十年ごと、二十年ごとに肥沃土の深さを測定し、大きな岩がそれによってどれほど沈みこんだかを精密に調査しつづけ、それによって、長い長い物理的「時間」の経過とともに変化はたしかに起こるということを実証してみせたのです。

「進化」の時間は目には見えないものです。中生代の恐竜が現生種の鳥類に進化してくるまでにかかった「時間」――こういうものの場合、それを人は、身体的に追体験することが不可能なわけですね。わたしたちはそれを化石や地層などを手掛かりに推論し、知的に理解するほかはない。先ほど使った表現で言えば、それは人間の等身大のイマジネールから乖離した異物ないし他者であるほかはない、その意味では観念的でしかないとも見えよう「時間」です。そして、「進化論」の批判者たちは、身体感覚の延長としてイメージすることが困難だというまさにその理由で、ダーウィン理論に拒絶反応を示したわけです。

そういう反応を前にしたダーウィンは、容易には目には見えないほど緩慢な過程が、長い長い物理的「時間」をかけて進行し、その結果世界に明らかな変化が生じる――そうした出来事が実際に起こりうるのだということを、実証的に示せないかと考えたのではないでしょうか。そして、実際にそれを示してみせた。それが『ミミズと土』という小さな、しかし偉大な研究だったのです。

なるほど、魚のひれが陸上歩行に適した四肢に進化する過程に要した時間を、「ほら、これこの通り」と示すわけにはいきません。しかし、ミミズの活動で粗い土砂が細かな腐植土に変化する過程に要する時間ならば、四十数年かけさえすれば――それだって一個人の実人生にとっては大変な「時間」なわけですが――誰の反論も許さない形で示すことができる。四十数年という物理的「時間」は、単に『ミミズと土』に彼が費やした歳月というだけのことではなく、この『ミミズと土』の主題それ自体をなしているというのはそういう意味なのです。これは想像された「時間」ではなく、科学的に観察され計測された「時間」です。「中間」が存在した証拠がないじゃないかなどとは誰にも文句をつけられない「時間」、いっときも休むことのないミミズたちの営みの間断のない持続によって貫かれた、ひと続きの「時間」なわけですね。そして、そうした「時間」の経過の果てに、思いがけないほどドラマティックな変化が世界に訪れる。そうしたことが実際に起こるではないか、と。

ダーウィンはそう「考えたのではないでしょうか」などと、つい勇み足で口走ってしまいましたが、このあたりは何の証言もないわけで、さっき名前を出したグールドが「ミミズの一世紀と常世」という素敵なエッセイ（『ニワトリの歯』所収、原著は一九八三年刊）で言っていることの尻馬に乗って、わたしもそんな憶測をしているだけのことです。ただ、ダーウィン自身の内的モチーフがどうだったかという話とは別に、この『ミミズと土』に一種の「時間論」を透視し、それを『種の起源』という「創発的言説」に――とりわけそこで展開されている時間観に――思いがけない角度から添えられた長い補注として読むというのは、非常に興味深い、また生産的なテクストの「読み」でしょう。『種の起源』が、その著者であるダーウィン自身を唆し挑発し、かくして産み出させた二次的言説として、『ミミズと土』を読むこと――そんなふうに読むことで、『種の起源』も『ミミズと土』も、両者ともどもがずっと豊かな意味作用を孕むことになるのではないでしょうか。

それにしても、こうした「時間」の問題を脇に置いてもこれは本当に面白い本なんですね。ダーウィンは、ミミズが知能と言えるようなものを持っているかどうかを突きとめようとして、様々な実験を重ねます。二本の針葉が基部でくっついているマツの葉を狭い穴に引っ張りこむときに、統計的に大多数のミミズが基部の方から引っ張る。たしかにそうしないで先端の方から入れようとすると穴の入り口で引っ掛かってしまうわけですね。ではそれは、本能によるものか、それとも試行錯誤を通じての学習の成果なのか。それを確かめるために、彼は針葉の先端同士を接着して与えてみる。あるいはまた、マツの葉の代わりに三角形に切った紙片を与えてみる。西欧文明の時間観を革新した偉大な学者が、ミミズなどというつまらぬものを相手にそうした細々《ほそぼそ》とした実験と観察を、強固な意志によって営々と忍耐強く続けているさまが、ここには精細に記述されている。それはまことにスリリングで、その過程を克明に辿ってゆくうちにわたしなど、或る名状しがたい感動を覚えずにはいられません。

社会進化論からマルクシズムへ

さて、以上の『ミミズと土』をめぐる話は、ちょっとした脱線みたいなものだったのですが、たとえばダーウィン自身の手になるこのテクストが、二次的言説とわたしが呼んだものの一例です。こうしたものまで含めて、『種の起源』から派生した二次的言説はもちろん膨大な数にのぼります。しかし、思想史的観点に立った場合、そのうちもっとも重要なのはやはり、進化論の社会理論への応用という領域に形成されていった言説群なのではないでしょうか。

社会的ダーウィニズムとか社会進化論とか呼ばれるものがそれであり、これは生物が進化していったように、人間の社会も自然淘汰によって進化してきたという理論＝学説です。その代表者は周知のように、英国の哲学者にして社会学者のハーバート・スペンサーですが、ここでは「アメリカの人類学の父」と呼ばれたりもする文化人類学者ルイス・ヘンリー・モーガンの仕事にちょっと注目しておくことにしましょう。

一八七七年に刊行されたモーガンの主著『古代社会』は岩波文庫にも入っていますが、彼のシェーマは非常に単純なもので、進化の過程を三つの段階に分ける三段階理論です。「野蛮」から「未開」へ、さらに「文明」へ、ということですね。Savagery–Barbarism–Civilization という非常にシンプルな三段階仮説なんですが、なぜこのシェーマに注目するかと言えば、これはやがて人類学の領域にとどまらず、もっと大きな社会理論を「基礎づける」ことになってゆくからです。すなわちマルクス主義へ合流してゆくのです。

一八八四年に刊行されたエンゲルスの『家族・私有財産・国家の起源』は、モーガンの集めた資料を唯物論的弁証法によって統合的に解釈し直そうとした著作で、いわゆる「唯物史観」

のマニフェストと言ってもよいテクストです。マルクスはダーウィンを敬愛していました。彼が『資本論』第一巻をダーウィンに献本しているというのは有名なエピソードですが、彼はまた同時にモーガンの愛読者でもあった。マルクスはモーガンの『古代社会』を一八八一年頃に読み始めたと言われていますが、二年後の一八八三年に死んでしまいます。そして、彼が『古代社会』を読みながら取った膨大なメモだけが残された。マルクスの死後、盟友エンゲルスがそのメモを一冊の本に構成し直したのが、『家族・私有財産・国家の起源』なんです。この本でエンゲルスは、終始モーガン説に依拠しながら、「野蛮」から始まり「未開」を経て「文明」へと至る発展段階を縷々記述していきます。

それが「進歩」の過程だということです。いわゆる「進歩史観」ですね。生物学的な「進化」はむろん価値中立的な概念ですが、それが「進歩」という価値概念にいつの間にか置き換わって、野蛮状態から始まった人間生活上の様々な風習や慣習、道具の使用その他が、最終的に文明段階へ昇りつめてゆくという、一種の目的論的な歴史観が、広く共有されるようになっていきます。「進歩史観」はこの時期、初期的な「グローバル化」が進行する資本主義のマーケットの成熟と並行して、世界中を席捲することになります。その中から、マルクス＝エンゲルスの「唯物史観」という一変種が生まれることになるわけです。

「進歩史観」の影響は当然、日本にも波及して、たとえば福澤諭吉の『文明論之概略』もそうだし、徳富蘇峰の『将来之日本』などももちろんそうですね。明治初期の開明派の知識人の歴史認識のほとんどは、結局「進歩史観」の踏襲か、やや単調なその変奏から成り立っていると言っても過言ではありません。

「冗事に時を費す無からん事」

それら明治期の言説の中で、今日はちょっと毛色の変わったというか、あまり知られていない一例をご紹介しましょう。『にはのをしへ』というタイトルの小さな本があります。作者の下田歌子は一八五四年（安政元年）生まれで、一九三六年（昭和十一年）まで、当時としてはかなり長生きした人ですが、もともとは宮廷の女官でした。その後、彼女は歌塾を始めますが、そこでは歌の詠みかただけでなく、お習字だの立ち居振る舞いだの、様々な行儀作法まで教えていた。この下田歌子が明治二十五年、一八九二年に出したのが、儒教倫理に基づいた女性のための教育書である『にはのをしへ』です。

これは当時のベストセラーで、下田はこの手の本をたくさん書き、どれも広く読まれたようです。ここにはまあ「創発」性はあまりなく、うたかたのベストセラーになって泡のように消えてゆくという、よくある本の一冊ですが、ともかくそこには明治期の女性像の或る規範的モデルが提示されており、それが当時の多くの男女（むしろ男かもしれません）の心を摑んだのでしょう。「創発的言説」とは言えないものの、多くの追随者を産み、模倣されたり変奏されたりしながら二次的言説を量産してゆくことにもなります。

明治時代の女性が遵守すべきモラルとマナーを教え諭しているこの本が、当時の大衆にとってcatchyだったのは、そこでの「をしへ」の基本は封建的な女性差別の枠内にとどまっていながら（女は家庭で家事に勤しみ、外で働く男を支えるべし、家事の合い間には和歌や琴や書道のような美的趣味を持つべし、等々）、その一方で、日本はもう今や文明社会であるから、徳川時代までのような旧弊な女であってはいけない、という適度に新しい女性像がそこに描き出されていたからです。

では、今日の文明社会に生きる女が為すべきこととは何か。時間を無駄にしないことだ、と言うのですね。この短いテクストには、時間をめぐるモラルが執拗に反復されています。たとえば勤勉の徳というもの自体には今さら新しいものは何もないのですが、「朝な夕なに、秒時も猶、この精神（つまり勤勉の精神です）を喚起し」なければならないという形で、そこに時間をめぐる強迫観念が付け加わることになる。「秒時」の経過に意識的にならなければいけないのだ、と。「凡そ経済（「経済」と言ってもこれはむろん家計の切り盛りのことです）の要は、冗費を省き、光陰を貴ぶに在り」とか、「凡そ心に強固なる志気ある者は、冗事に時を費す無からん事を思へ」とか、下田はやや異様に見えるほどのしつっこさで、時間を大事にせよという「をしへ」を繰り返します。

ならば、それがなぜ重要なのか。「冗事に時を費やす、今の如くならば、日に新たにして、又、日に新たなる、欧米婦人と、其地位を争はんとする、抑もまた、難しと云ふべし。豈、心外の至りならずや」。日本は今日、文明国になったのだから、欧米の婦人に引けを取ってはいけない。そのために重要なのは、時間を大事に使うことだという理屈なんですね。

それは、単なる功利主義のマニフェストではありません。時間の有効活用によって、何か「有益」な、つまりお金が儲かったりするようなことをやれと彼女は言っているわけではない。時間の無駄と言うのは、井戸端会議でくだらないお喋りをしたりといったことであり、そんな暇があるなら、むしろ歌を詠んだりお琴を弾いたりお習字をしたりしろ、と。「家務のいとまくヽ、にみやびを楽しみたらんこそ、真に、人類の快楽とはいはめ」。「みやびを楽し」むのは、「冗事」ではないわけです。このあたり、ジェンダー論的な視点から見れば興味深い箇所で、下田は実業の世界からはあくまで女性を遠ざけ、女性をいわば「美的主体」として構成しようとしている。アリス譚のあの「赤の女王」が、“Curtsey while you’re thinking what to say. It saves time.”と言っていたことを思い出してみてください。女性の精神と身体の訓育モラルと、時間節約の倫理とがセットになって出てきているという点で、ヴィクトリア朝の英国におけるのとまったく同一構造の「をしへ」が語られているわけです。

「時は金なり」というのはご存知の通りフランクリンの言葉で、これは十八世紀に遡るものです。しかし、フランクリンがそこに籠めていた楽天的な功利主義は、ここでは決定的に変質しているように思います。時計の針が後戻りなしに刻んでゆく物理学的時間の冷厳な経過につれて、国家や民族の単位では「進歩」の過程が進行してゆく。そうすると、自国と他国の間でどちらが進んでいるか遅れているか、「其地位を争はんとする」熾烈な競争に巻きこまれます。一九世紀後半以降、ナショナリズムの問題が世界史の前景にせり上がってくるわけですね。遅れてはならない、間に合わなければいけないという神経症的な強迫がのしかかり、それが主体の精神のみならず身体までをも束縛するようになってゆく。「近代的な時間システム」の中で生きるというのはそういうことです。

それが、女性のたしなむ「みやび」の領域まで侵食していったさまが、この高名な教育家の書いた女性論の中に見てとれるのです。わたしなど、システムとは無縁の「冗事」だからこその「みやび」だろう、と——時間を無駄にするまいと時々刻々緊張しながらでは、「みやび」もへったくれもないだろう、と思わずにはいられませんが、とにかくそういった、病的と言えば言えないこともない偏執に取り憑かれていたのが、日本の明治だったということです。

ヴェルヌ——空間の時間化

ここで目をまた西欧に転じてみるならば、時間をめぐるこうした偏執というかオブセッションに関して、ジュール・ヴェルヌが一八七二年に発表したあの痛快な冒険小説『八十日間世界一周』が、たいへん興味深い一症例を示しています。

主人公の英国紳士フィリアス・フォッグ氏は、まさに「近代的な時間システム」に雁字搦めになった人物として描き出されています。これはフォッグに召使として仕えるパスパルトゥーの寝室の描写ですが、「マントルピースの上に置かれた電動の振り子時計は、フィリアス・フォッグの寝室にある振り子時計と連動し、二基の機械は、同じ瞬間に同じ秒を刻んでいた」(鈴木啓二訳)。つまり、召使の寝室と主人の寝室の時計が連動していて、パスパルトゥーは、フォッグの神経症的なパンクチュアリティの強迫観念を忠実に実現すべく、精密な奉仕を行なわなければならない。朝八時の起床に始まって、八時二十三分に紅茶とトースト、九時三十七分に髭剃り用の湯の用意、十時二十分前に調髪、等々、家を出る十一時半までの細かな日課表が、さっきの振り子時計の上に貼られている。

この長篇小説は、そのフォッグ氏が、八十日間で世界を一周できるかどうかという賭けに乗り、それを見事にやりおおせるという物語です。結末では当然、間に合うか間に合わないかという「分秒を争う」サスペンスがクライマックスをなすことになり、皆がじっと時計の針を注視することになる。まさに「近代的な時間システム」の緊張感が主題化された作品なのですが、この賭けの話が持ち上がるきっかけになった、クラブでのやりとりが興味深い。

そんなことが出来るわけがないよと鼻先で笑うクラブメンバーの面々に対して、フォッグは絶対に可能だと主張します。そのとき、可能であることの根拠として挙げられるのが、『モーニング・クロニクル紙』に掲載されたという、八十日間で確実に世界一周するためのスケジュール表です。そこには、「ロンドン—スエズ間、鉄道及び客船を利用……七日／スエズ—ボンベイ間、客船を利用……十三日／ボンベイ—カルカッタ間、鉄道を利用……三日」云々と、旅程が全部書いてあるわけです。これはいわば、空間を時間に還元している等価換算表なんですね。それを総計すると、地球の円周という距離は、八十日という時間の等価物に置き換わることになります。時間へのオブセッションは、世界空間そのものまでをも時間単位に還元してしまう。まさしくこれは「グローバル化」現象の初期形態と言っていいものでしょう。以後百数十年が経過し、われわれの時代、二一世紀の「グローバル化」は、情報空間の内部でこの「八十日」が「瞬時」にまで縮減してしまったところに、その決定的な新局面を迎えているわけですが。

ところで、このスケジュール表は、今しがた言いましたように、新聞に載ったものです。すなわち、フォッグ氏の壮図は最初からジャーナリズムと連動しているわけです。『種の起源』などは文章も難しいし高度な専門書ですから、それ自体が一般大衆の間で広く読まれたとは思えない。むしろ、さっき触れました二次的言説の繁茂によって、大衆の意識に浸透していったと考えるべきだと思いますけれども、とにかく西欧の一九世紀後半というのはいわゆるメディア社会状況、あるいは大衆社会状況の萌芽の時期でもあり、ジャーナリズムがめざましい発達を示します。フォッグ氏の冒険旅行は、そこから得た「情報」によって始動したものとして、ヴェルヌは設定しているわけです。ちなみにヴェルヌは、この小説における異国の風俗や風景

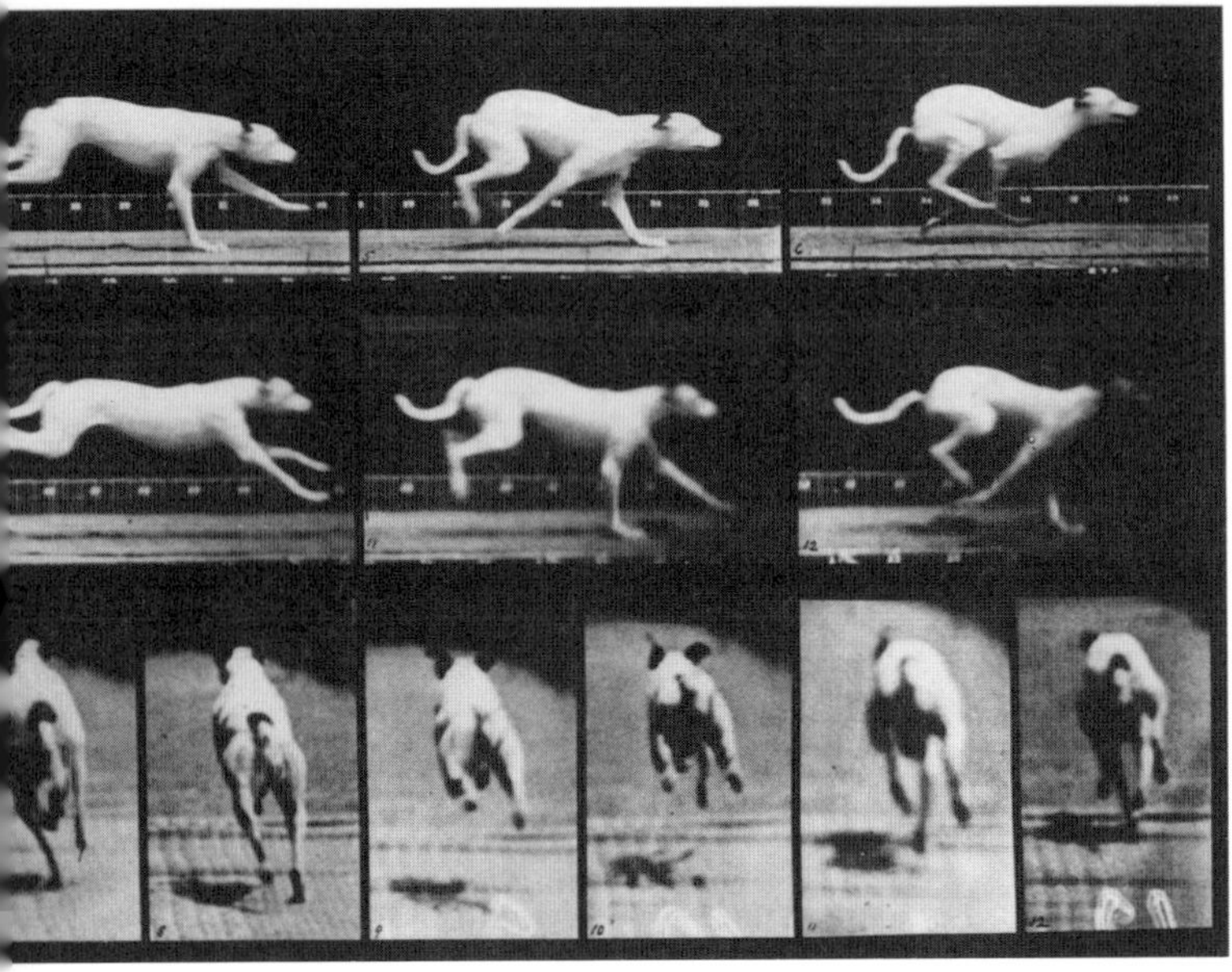

図4　イードウィアード・マイブリッジ『動物の運動』（1887年）より
出典：Le Temps d'un Mouvement (Centre National de la Photographie, 1986)

を描写するに当たって、エドゥアール・シャルトンという野心的なジャーナリスト兼出版社主が当時刊行していた、『世界一周』という週刊誌に載った記事や挿し絵を少なからず利用しています。メディア情報が、この作品の本質に深く喰い入っているということです。

連続写真とエッフェル塔

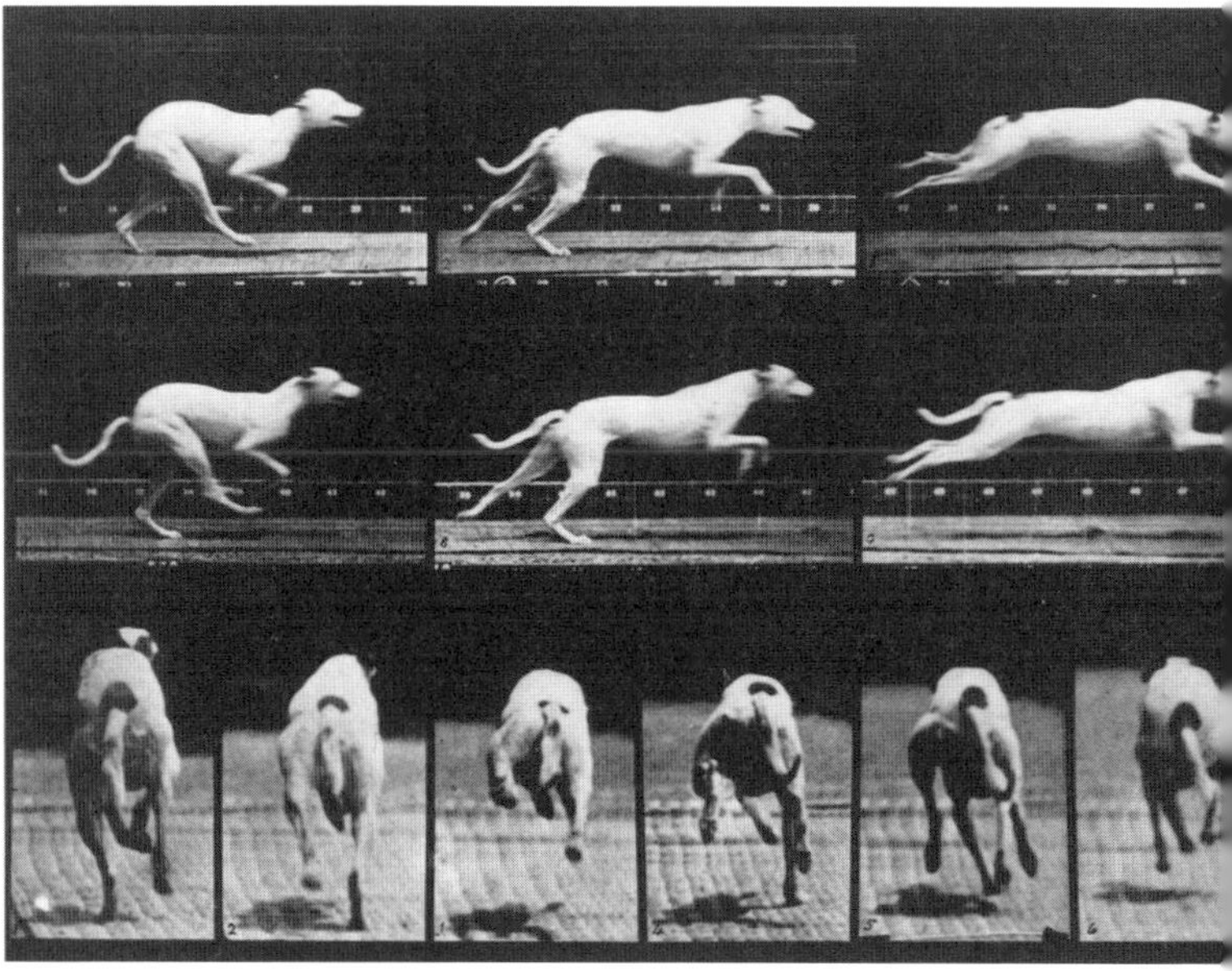

さて今度はまた、やや違ったジャンルにおける「近代的な時間システム」の表象の例を見てみましょう。先ほど『モーニング・クロニクル紙』のスケジュール表について、空間の時間への還元だと申しましたが、その逆に、時間を空間に還元しようとする試みが存在します。つまり、時間というものをいかにしたら空間的に表象しうるか、時間の「空間的表象」をどのように制作できるかという問題です。それこそまさに、アメリカのイードウィアード・マイブリッジやフランスのエティエンヌ＝ジュール・マレーなどが追求した「連続写真」の試みにほかなりません。彼らの作品については皆さん

図5　エティエンヌ＝ジュール・マレー
「ギャロップで走る馬」（1886年）
出典：Le Temps d'un Mouvement

よくご存知だと思いますし、拙著『表象と倒錯——エティエンヌ＝ジュール・マレー』でも精細に論じましたので、ここでは簡単に触れておくにとどめます。

　マイブリッジの疾駆する犬の写真（図4）やマレーの「ギャロップで走る馬」（図5）、また同じくマレーの「歩行するヤギ」（図6）（傍らに秒数を示すクロノメーターの画像が添えられていることに注目してください）などがそのほんの数例ですが、要は、現実世界の運動現象をいかにしてイメージ化しうるのかという問題に対して、写真装置のテクノロジーが、「単位時間への均等分割」という操作によってそれが可能となるのだという答えを与えたということです。この「単位時間への均等分割」が、「近代的な時間システム」に内属するオペレーションであることは言うまでもありません。「連続写真」からリュミエール兄弟のシネマトグラフへと発展してゆく運動表象の

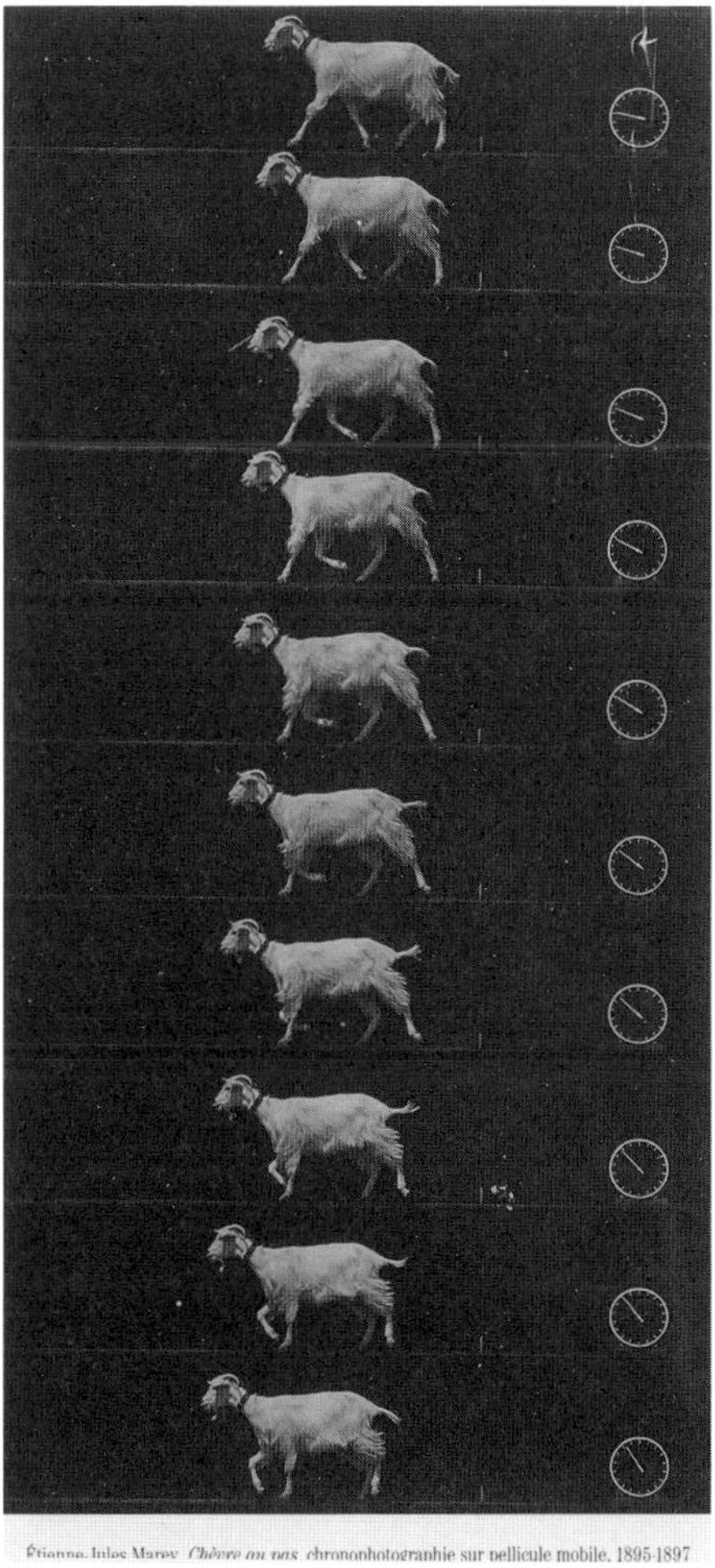

図6　エティエンヌ＝ジュール・マレー「歩行するヤギ」（1895—97年）出典：Le Temps d'un Mouvement

視覚装置は、このシステムに支えられることで初めて可能となったものなのです。

客観的に実在する物理的「時間」に関して、ダーウィンの『種の起源』が、何億年ものスパンでのその積分的な持続のイメージを提出したとすれば、他方でマイブリッジやマレーは、それを何分の一秒といった微細な単位へと分解し解析し、その微分化された瞬間のイメージを作成してみせたと言えるでしょう。従来の絵画や写真が、ただ一つの画面のうちに或る特権的な一瞬を切り取ろうとする欲望に衝き動かされて制作されてきたのに対して、彼らの「連続写真」には、それとは本質的にまったく異なる表象的欲望が露出している。それは「近代的な時間システム」から発する欲望であり、また翻ってそのシステムを確証し強化しようとする欲望でもあったのです。

ところで、彼らの「連続写真」との関係で語ることの可能な、大変面白い例があります。ここでちょっと、エッフェル塔の問題を取り上げてみたいのです。文化的・政治的現象としてのエッフェル塔は、それ自体としてはもちろん時間的というよりむしろ空間的な出来事と言うべきものです。一八八九年に開催されたパリ万国博覧会に際して、フランスの首都の都市景観のただなかにほとんど唐突と言ってもいいような出来事性を伴って出現した、この「三百メートルの鉄塔」が、第三共和制下フランスの抱える数多の文化的・政治的諸問題の交錯する特権的な磁場をなしていたという点は、拙著『エッフェル塔試論』で詳述した通りですが、そこで論じられなかった問題に今日は一つだけ触れておきたいと思います。

完成したエッフェル塔の形姿自体が提起するのは「空間」の問題なのですが、この鉄塔は何も或る日突然出現したわけではない。それは着工以来二年二か月にわたる建造期間を経て竣工したわけで、この建設過程が孕んでいる「時間」の問題というものがあるわけです。そして、その「時間」を空間イメージへと翻訳した興味深い図像が残っている。エッフェル塔の建設過程を定点観測で一か月ごとに記録した写真があるのです（図7）。

十九点に及ぶこの一連の写真のうち、一八八七年八月十日という日付入りの最初のものでは、土台が出来ているだけで塔の本体はほとんど出来ておらず、まだ更地と言ってもいいような状態です。しかし、八七年九月九日、十月八日、十一月十日と、ひと月ごとに鉄骨が組み上がっていき、エッフェル塔はだんだん空へ向かって伸びていきます。エッフェル塔に関する本には必ず掲載されている有名な記録写真です。塔は徐々に、植物が育つように成長していき、最終的に一八八九年四月二日の写真では、頂上のアンテナ基部まで備えた完成体が出現しています。

ひと月に一度（途中、展望台を建造していた間は塔の高さに進展がないので、三か月ほど空いている時期がありますが）というこの「均等分割された時間の単位化」という操作に注目した場合、この一連の写真は、マイブリッジやマレーが一八八〇年代の同時期にその技術を模索していた、運動表象のための「連続写真」に近いものになります。これら十九点の図像には、その連続性において全体として、「時間」が胚胎されているのです。ひと月に一コマのエッフェル塔写真と、一秒間二十四コマの映画との間には、その速度においてははるかな隔たりがあり

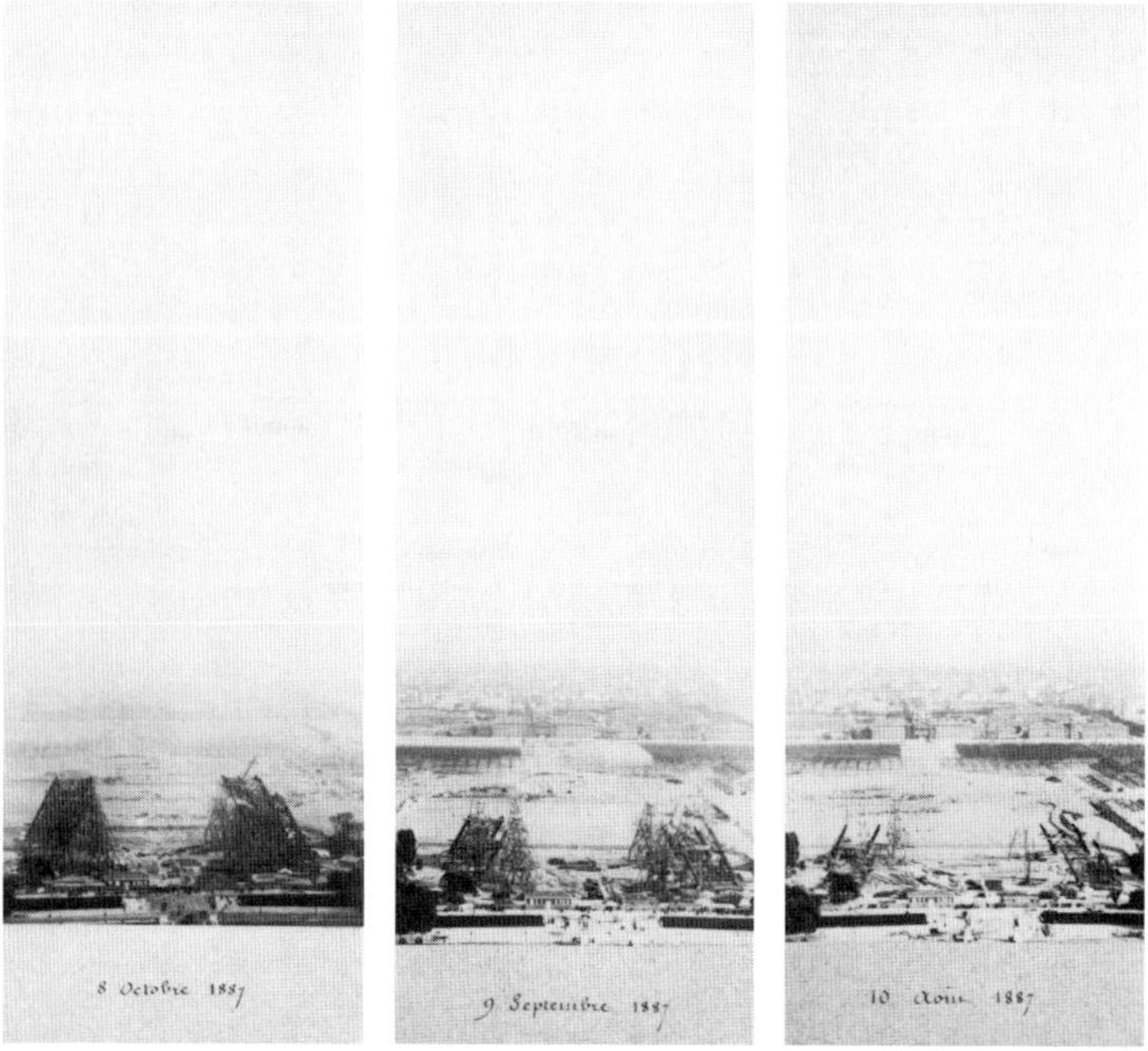

図7　建造中のエッフェル塔の写真、同一視点（トロカデロ宮の東塔）からの撮影、1887年8月—1889年4月（オルセー美術館、エッフェル文庫所蔵）
出典：Henri Loyrette, Gustave Eiffel (Payrot, 1986)

ますが、単位時間への均等分割（そして映画の場合はその「綜合」という操作が加わるわけですが）によって成り立っているという点で、そのどちらにおいても「近代的な時間システム」が関与しているということです。これらは実際、コマ撮り動画の、その一コマ一コマのようなものだと言える。これら十九枚の一

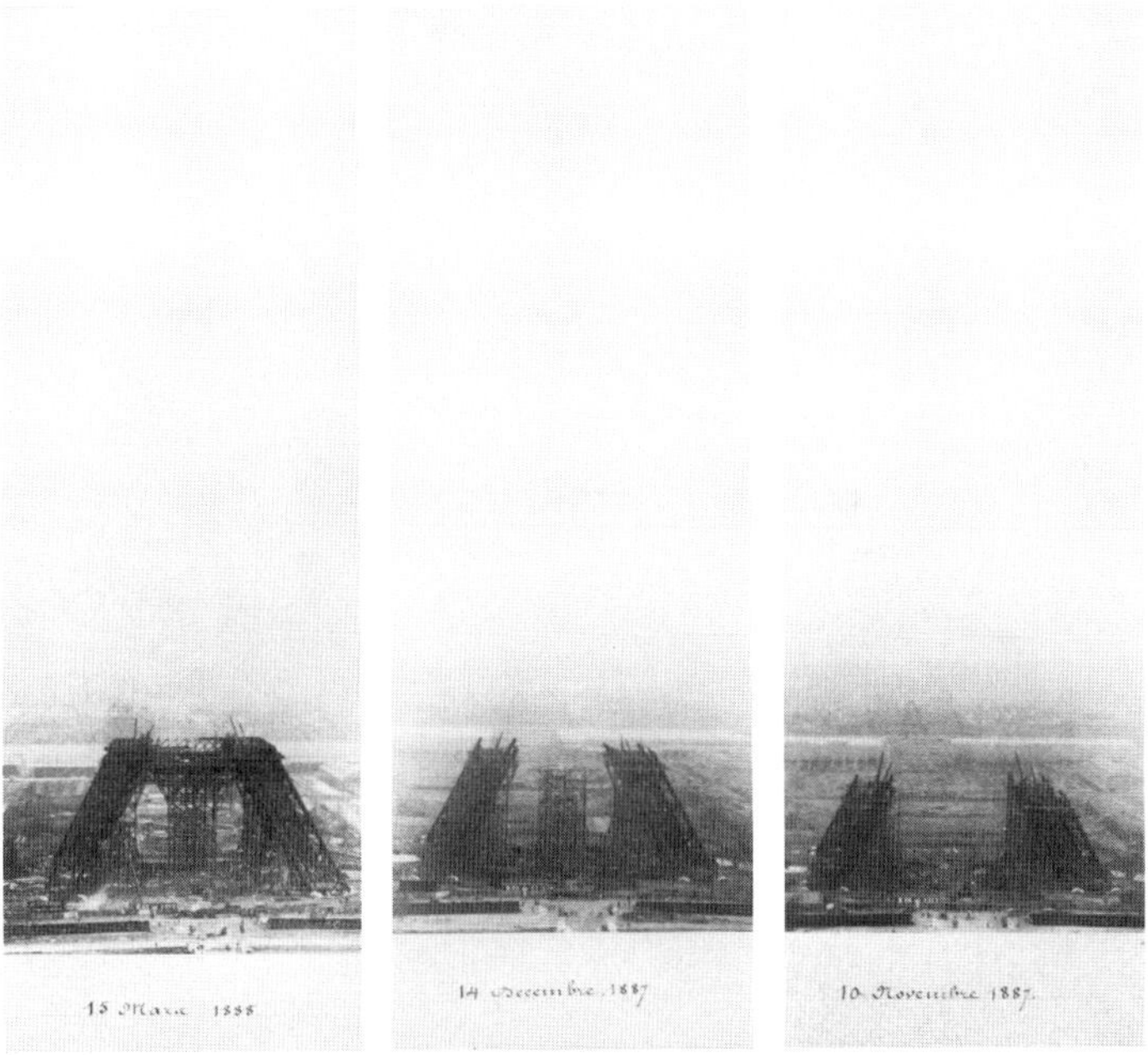

連の画像を重ねて、小学生がノートの端っこに落書きして遊ぶ「めくり絵」みたいにパラパラめくってみれば、あれよという間に塔がにょきにょきっと聳え立ってゆくその「運動」が見えるはずです。ここには着工から竣工までの二年数か月に及ぶ塔の建設という出来事が、ひと繋がりの「運動」として表象されているわけです。つまりここでもまた、時間が空間的に可視化されているということになります。

　そして、この「運動」、この「時間」は発生期の近代的メディア社会にとっての、熾烈な関

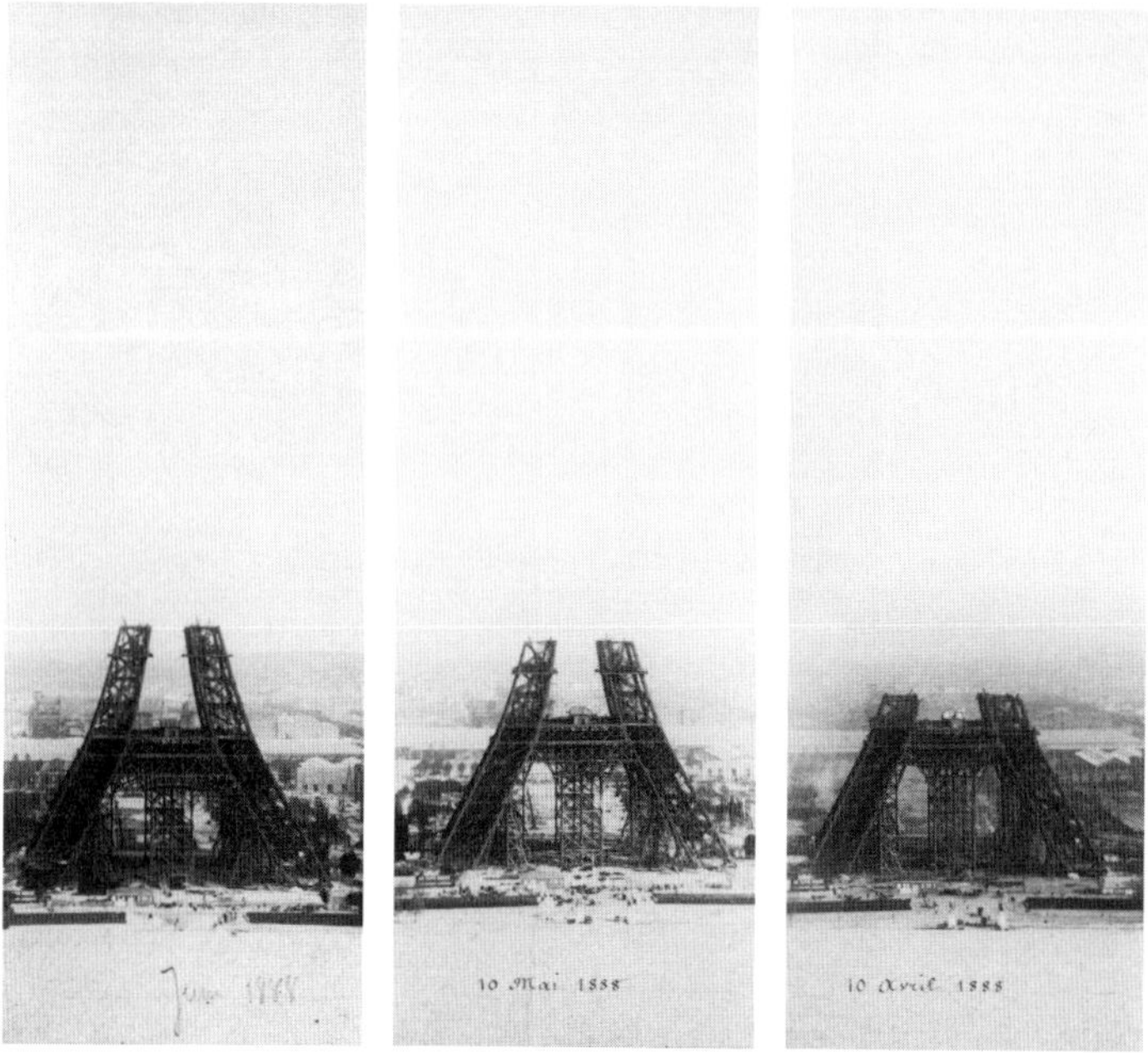

心の対象でもあった。だんだんと空に向かって伸びてゆくエッフェル塔建設の進行過程には、むろんパリの一般民衆は大きな興味を寄せ、日々折々の報道の対象となりました。第一展望台が出来た、第二展望台が出来た、やっと二百メートルまで達した、ついに二百七十六メートルの第三展望台まで届いた——そうした刻々の過程が、新聞や雑誌でそのつど話題になったわけです。つい先ごろわたしたちは東京スカイツリーの建設に立ち会ったわけで、それと同じような興奮が当時のパリ市民を捉えたさまは容易に想像できるでしょう。

いや、石造りの街にいきなり三百メートルの鉄塔が組み上がってゆく光景を目にしたとき、現象としてのその根本的な「新しさ」から彼らが受けた衝撃には、二一世紀の東京におけるスカイツリー建設などとは比べものにならないほど強烈なインパクトがあったはずです。

この十九枚の連続写真に胚胎されている「時間」とは、こうしたジャーナリズムの情報空間と密接に連動しているものでした。『八十日間世界一周』においてと同様、「近代的な時間システム」はここでもまた、「現在至上主義」のジャーナリズム

による日々刻々の情報報道という問題と有機的に結びついたかたちで機能している。「近代的な時間システム」は、かくしてメディア現象をも統御するようになってゆくわけです。

「帽子屋」の時計

さて、以上がわたしの今日の話の前半です。ここまで、「近代的な時間システム」とわたしがとりあえず呼んだものの諸相を見てきたわけですが、しかし人々は、必ずしもこのシステムに易々と順応したわけでもないし、それに忠実に従い、その内

部に閉じこめられて生きることを唯々諾々と受け入れたわけではない。まあ、たいていの人は諦めて受け入れるわけですね。わたしだって、今日は四時半から駒場で講義をやるから、もうそろそろ家を出なくちゃいけないかなと時計を見るとか、今この瞬間だって、あと何分で話を終えなくちゃいけないぞとか、結局アリスの「白ウサギ」と同じようなことをやっている。一九世紀半ば以降に汎用化されたのと同じシステムが、二一世紀の現在までわれわれを支配しつづけている。

けれども、そういうのはどう

2 avril 1889

も窮屈で嫌だなという反応が当然あるわけですね。先ほどフィリアス・フォッグ氏を形容して「神経症的」なパンクチュアリティと申しましたけれども、分秒刻みの時間の拘束をむしろ異常ないし病的と感じ、「急き立てられる」とか「間に合う」とか「定刻」とかのない、ひとことで言えば時計のない、牧歌的な——無時間的な、と呼んでもいいかもしれません——生の、弛緩や放心の中でたゆたっていたいという欲望は、いかに「近代人」であろうと、たいていの人の心に潜んでいるはずです。精神と身体にのしかかってくるシステムを重苦しい脅威として感受し、その束縛の外に出たいという欲望ですね。

そこで、わたしの話の後半は、このシステムに対する不適応や疎外感を表明している言説の系譜を、ごく簡単に辿り直してみることに捧げたいと思います。それへの不快、反撥、憎悪、攻撃が一九世紀後半以降の西欧の言説にどのように表象されているか。実際、そうした反＝システム的心性は、時間をめぐって課される種々の規矩を忠実に遵守し、それに沿って自身の精神と身体を成型することを従順に受け入れるシステム的心性に劣らぬ大きな存在感を主張しつつ、近代西欧の言説空間に旋回しているわけです。そして、その祖型はすでに、今日の話の発端として取り上げたルイス・キャロルのお伽噺の中に姿を見せている。

ここでようやく、最初に予告したキャロルの「第三の時計」に辿り着きます。『不思議の国のアリス』第七章の、あの名高い「マッド・ティーパーティ」の場面で、「気違い帽子屋」が自分のポケットから取り出す時計がそれです（図8）。

図8 『鏡の国のアリス』より

「帽子屋」はアリスの方を振り向いて、"What day of the month is it?"（「今日は何日？」）と訊きながら、その時計を不安そうに見つめます。いま何時何分なのかと訊く代わりに、何日なのかと訊きながら時計を見るのが、人を食ったルイス・キャロル流のナンセンスなのですね

(むろん今日では日付表示のある時計も多いのですが、そうしたものが存在しなかった時代の話として理解してください)。アリスが「今日は四日よ」と答えると、「帽子屋」は「二日ずれている!」とため息をつき、おまえが時計にバターを入れたから狂っちまったんだと「三月ウサギ」を責めます。すると、「三月ウサギ」が時計を紅茶のカップの中にポチャンと漬けてしまう。

第一と第二の時計は、ちゃんと機能して人間の意識や行動を統御する時計だったわけですけども、ルイス・キャロルは同じ物語のなかで、まったく性格を異にするもう一つの時計、まったく機能しない、ナンセンスそのものの時計を登場させているわけです。まずそれは時刻でなく日にちを表示するという変ちくりんな時計であり、しかもその日にちは間違っており、かつまた中にバターを入れられたり紅茶に浸されたりというさんざんな目に遭う時計でもある。

それだけではありません。キャロルの偏執を表わすように、この場面で時間のテーマはさらに続きます。このナンセンスな時計の挿話の直後、「帽子屋」の出した謎々が話題にのぼります。アリスは"I think you might do something better with the time,"（「もっとましな時間の使いかたがあるんじゃないかしら」)と言います。"than waste it asking riddles with no answers."(「答えのない謎々をかけたりして、それを浪費するよりは」)と。あたかも下田歌子の歌塾で教えこまれたかのように、「時間を無駄にすべからず」などとおませなことを言うわけです。道徳意識の強いヴィクトリア朝の英国に育った上流ブルジョワの少女らしく、「近代的な時間システム」に沿った紋切型を、親や教師から刷り込まれた通り、偉そうに訓戒する。

時間を殺害する

すると、「帽子屋」が思いがけない反論をします。「もし君が僕と同じくらい〈時間〉のやつのことを知ってたら、it（それ）を浪費するなんて言わないだろうな。him（彼）って言わなきゃ」。突然〈時間〉が擬人化され、大文字で始まる"Time"という固有名詞になってしまうんですね。

そこからはナンセンスな応酬が続きます。自分は音楽を習うときに拍子《ビート・タイム》を取るわよとアリスが言うと、〈時間〉のやつを叩《ビート》いたりしちゃあ、機嫌を悪くするぞなんて「帽子屋」が答えたりする。beatの両義性をめぐる言葉遊びですが、音楽で「拍子を取る（beat time）」というのは、音楽の流れを等間隔に分断する拍を導入し、時間の持続をいわば機械的に分節化することですから、アリスはここで、「近代的な時間システム」を擁護する側に回っているわけですね。他方、「帽子屋」や「三月ウサギ」は、時間とは〈時間〉という名前の人間存在だと言い張って譲らず、beatの意味を「殴る」の方へと捻じ曲げてしまう。システムを強引に人間化し、非理性的な暴力の観念を接ぎ木してしまうことで、システム論的言説を嘲笑し、ナンセンスの一撃でそれを脱臼させようとしている。アリスの内面に刷り込まれたシステム論的時間観を、この擬人法の遊戯でもって揺るがせにかかるわけです。

「〈時間〉のやつと仲良くさえしておけば、時計をあんたの好きなようにしてくれる。たとえば朝の九時だとしよう。ちょうど授業が始まる時刻だ。そこで、〈時間〉にちょいと耳打ちしさえすればいい。時計の針はあっと言う間にぐるっと回る！　たちまち午後一時半、お昼ごはんの時間さ！」。物理学的時間のシステムとはまったく無縁の異世界がここに開けることになります。

続けて「帽子屋」は、「ところが、あるとき、〈時間〉のやつと喧嘩しちゃってね」と話し始めます。「帽子屋」は「ハートの女王」の前で歌を披露しようとしたところ、最初の節を歌い終えるか終えないかのうちに、女王が飛び上がって、こう喚き立てたのだと言うのです――"He's murdering the time! Off with his head!"（「あの男は時間を殺害しておるぞ！　首を刎ねよ！」）。

"kill time" という英語表現は、ご存知のように、暇を潰すとか、時間を浪費する、無駄に費やすという意味です。フランス語でも同様に "tuer le temps" と言います。それは、ここまでのわたしの話で見てきた通り、「近代的な時間システム」に照らして糾弾される最大の悪徳を意味します。その決まりきった言い回しを前提として、このサディスティックな女王様は、そこからこの kill の一語をことさらに取り出し、「殺す」という元の意味を復活させたうえで、それをさらに、同義語である murder に言い換えてしまった。kill はニュートラルですが、murder と言うと故意に謀殺するという強い意味になります。

無造作にぽちゃんと紅茶の中に落とされてしまうあの機能不全の時計の持ち主にふさわしく、「帽子屋」は、単にぼんやりと無邪気に“kill time”をしているどころか、“murder the time”というか、これは異様というかわけがわからないというか、どういう内容を指しているのか不可解ですが、とにかく何かしら積極的な悪業をはたらいているのだ、と。少なくともそういう禍々しい悪事に耽っている者として、当時の英国の最大権力者であった現実世界のヴィクトリア女王のイメージがそこに恐らく投影されているであろう「ハートの女王」から、いきなり告発され、ギロチン刑を宣告されてしまうわけです。時間を殺害してやりたいという欲望――これは「近代的な時間システム」への制覇に向けられた、もっともラディカルな意思表示です。しかし、それはただちに糾弾され、“Off with his head!”のひと声で罰せられてしまう。

「それ以来というもの」と、「帽子屋」は打ち沈んだ口調で話を続けます。「〈時間〉のやつ、ぼくの頼むことを何一つやってくれなくなってしまった。今じゃあ、ずっと午後六時のまんまなんだ」。そこでようやく、この「マッド・ティーパーティー」とは、永遠の午後六時、すなわち時間システムの絶対的な外部で、お茶を飲み終えたら隣りの席へというふうに、少しずつ移動してテーブルをぐるぐる回りながらいつまでもいつまでも、果てしなく続く、悪夢のようなお茶会だということがわかる仕掛けになっているわけです。

これは言ってみれば円環状の時間なのですね。遅かれ早かれ、同じ場所に回帰せざるをえない。「ぐるりと回って最初の席に戻ってきてしまったらどうするの？」という当然の疑問をアリスは口にしますが、「話題を変えようじゃないか」という「三月ウサギ」の唐突な介入で遮られ、その問いには答えは与えられません。ヘブライズムに起源を持つ直線状の時間とヘレニズムに起源をもつ円環状の時間という二項対立については爾来、多くの議論があり、ここではそれに立ち入ることはしませんが、少なくともわたしが今、「近代的な時間システム」と呼んでいるものが、円環的な回帰構造とは無縁であることは明らかでしょう。

少女たちの「黄金の時刻」

ルイス・キャロルは、謹厳実直なオックスフォード大学の数学の教師であり、抽象的な論理を愛する知性の持ち主でありながら、同時にいたいけな少女を物語の登場人物のように扮装させ、ときにはヌードに近い格好をさせ、写真に撮ることを趣味としていた、奇妙な独身者でした。今ふうに言えばロリータ趣味と言うのでしょうか、一種の倒錯的なエロスを内に秘めていた人で、そういった隠し味のようなものがアリスの物語にもどこか隠微に滲んでおり、それがこの二篇のアリス譚に単なる幼稚なお伽噺を超えた魅力を賦与し、これほど長く読み継がれつづけている理由になっているのだと思います。キャロルのロリータ趣味というのは実は、彼の死後に吹聴されたほどスキャンダラスなものではなかったという考証も最近出ているようですが、とにかく彼が少女のポートレートを撮影することに非常に執着したのは事実です。

そして、その執着がどこから来ているのかと言えば、彼自身がいちばん好ましく思う十二歳かそこらの年齢で少女たちの成長を停め、その束の間の一瞬を写真画像の形で永遠化したかったからでしょう。彼は自分の愛する少女たちに、成熟した大人の女性になって欲しくなかった。そこで、彼女たちを、彼が特権的な「ゴールデン・アワー」と呼ぶ幼い年齢の、永遠の現在のなかに閉じこめたいと望んで、写真器械を利用した。それはまさに、「近代的な時間システム」の外に出たいという欲望にほかなりません。

「帽子屋」の時計、すなわちルイス・キャロルの「第三の時計」が体現しているのは、この欲望なのです。「第一の時計」と「第二の時計」は、それを主体が受動的に耐え忍ぶか、それを能動的に支配しようとするかの違いこそあれ、基本的にシステムの側にあります。システムの忠実な遂行者なのです。それに対して、「第三の時計」はシステム批判の装置です。アリス譚のなかにこの二種類の時計が共存しているという事実は、ルイス・キャロルという作者自身が内に秘めていた鋭利な葛藤――数学の論理と少女の身体との、知とエロスとの、お行儀の良いブルジョワ性と反社会的なオタク性との葛藤――の反映なのだと思います。

さらにまた、それで言うなら、今しがた触れたように、写真という器械技術自体が、いわば「時間の殺害 murdering the time」のための装置なのです。瞬間を凝固させるという振る舞いは、「近代的な時間システム」にとっては、本来あってはならない異常事態だからです。それに対して、先ほど見たように、マレーのクロノフォトグラフィからリュミエール兄弟のシネマトグラフへと発展してゆく、運動する映像の表象テクノロジーは、分秒の単位でメカニカルに刻まれてゆく「近代的な時間システム」の、模範的にして特権的な表象です。このシステムに支えられることで初めて有効に機能する装置であり、かつまたそれを本質的属性として内包している装置なのです。そしてそれは、キャロルが凝固させたいと願った「ゴールデン・アワー」からその特権性を剝ぎ取って、そんなものは他の凡庸な瞬間と同じくたちどころに過ぎ去ってしまうはかない一瞬でしかないと冷酷に宣告する、残酷きわまりない装置でもある。

写真と映画の本質的な差異をここに認めることができるでしょう。映画というのは、「近代」に骨絡みになったメディアであり表象芸術です。リュミエール兄弟が一八九五年十二月二十八日、パリの〈グラン・カフェ〉で、彼らが開発したシネマトグラフの最初の上映会を開催します。これが映画の起源を徴づける記念碑的な日付になっているわけですが、そのとき上映された作品——つまり史上初の映画作品——の題名が、『工場の出口』であったり『列車の到着』であったりしたのは偶然ではありません。工場も列車も、「近代的な時間システム」によってしか機能しない資本主義の装置です。『工場の出口』は、リヨンにあったリュミエール社の工場で一日の労働を終えた労働者たちが、ぞろぞろと門を出て帰宅してゆくさまを撮影したドキュメンタリー的映像ですけれども、始業時間から働きはじめ、終業の定刻になったから私服に着替えて帰宅してゆくという、つまり時間のシステムに支配された身体の運動が、そこになまなましく記録されている。

『列車の到着』も同じです。列車という、フィリアス・フォッグが切迫するタイム・リミットに急き立てられつつ、世界一周旅行で大いに活用した乗り物。これもまた分刻みの正確なタイムテーブルに従って運行される、資本主義経済のための装置にほかなりません。それが定刻通りに駅に到着するという運動を、リュミエール兄弟は映像化している。時間の等分割というメカニカルな技法によって可能となったシネマトグラフで、どんな主題を取り上げるかということになったとき、まず「工場」や「列車」といった題材が選ばれたのは、ごく自然なことだったのです。

もっとも、その後の映画史の流れを見た場合、映画がただ単に「近代的な時間システム」の忠実な体現者でしかなかったと断定してしまうことはむろん行き過ぎというか不適切であり、映画は映画なりに、そのシステムからの逸脱の方途を様々に模索し、ときにはシステム批判の試みさえ繰り広げることにもなります。ジル・ドゥルーズがその『シネマ1・2』において、戦後イタリアのネオ・レアリスモ映画を分水嶺として、「運動＝イメージ」に代わる「時間＝イメージ」が出現すると定式化した、その「時間＝イメージ」の概念などがこの問題を考える手掛かりになるはずですが、ここではこれ以上は触れません。わたしが今ここで強調したいのは、シネマトグラフのテクノロジーが、物理的＝物質的な水準で「近代的な時間システム」に根拠づけられ、それに依存せずには成立しえないという一事のみです。

その傍らに置いてみると、写真の反＝システム性が際立ってきます。持続の中から一瞬だけを切り取って、それを凝固させ永遠化してしまうというこの技術は、「近代的な時間システム」をまったく必要としていない。それどころか、そのあからさまな敵対物とさえ言える。それはシステムの外部に位置する何かであり、場合によっては近代批判としても機能してしまう装置です。ありとあらゆる表象記号にあれほど繊細に反応したロラン・バルトが、映画にだけはほとんど興味を示さず、その一方で写真にあれほどまでに執着したことのゆえんも、恐らくこのあたりに窺えるのではないでしょうか。

ニーチェ——永劫回帰と反＝ダーウィニズム

「時間を殺すこと」。つまり、分秒の単位をメカニカルに刻みつつ着実に進行する時間というものを、一挙に無化してしまいたいという欲望ですね、それを表象している言説の系譜というものがある。時間を尊重し、それを節約＝救済（save）せよと命じ、それを浪費することを厳に戒める言説——「間に合うこと」の重要性を説き、「遅刻すること」への恐怖というオブセッションをかき立てて、それによって人々の精神と身体を拘束しようとする言説の系譜があるわけですが、その裏面に、それと同じ時期、すなわち一九世紀後半以降の西欧で、それとは逆方向のヴェクトルを帯びた反＝時間システムの言説の系譜があるということです。

たとえば、ニーチェの提起したあの「永劫回帰」という謎めいた観念も、そうした系譜の一環をなすものとして読むことができると思います。先ほどヘブライズムの直線的時間に対するヘレニズムの円環的時間と申しましたが、たしかにニーチェには、激越なキリスト教憎悪がある一方、古代ギリシアの思想や文物への強い憧憬もあった。ただ、ニーチェの「永劫回帰」は単純にヘレニスティックな円環的時間と言ってよいようなものかどうかは疑問です。これはきわめて不思議な、理解しにくいイメージであり概念なのです。

そして一切がすでにあったことがあるなら、侏儒よ、おまえはこの瞬間をどう考えるか。瞬間というこの門もすでに——あったことがあるに違いないのではないか。〔中略〕
そして月光を浴びてのろのろと匍《は》っているこの蜘蛛、またこの月光そのもの、また門のほとりで永遠の事物について囁き交わしているわたしとおまえ——これらはみなすでに存在したことがあるのではないか。
そしてそれらはみな再来するのではないか、われわれの前方にあるもう一つの道、この長いそら恐ろしい道をいつかまた歩くのではないか——われわれは永劫に再来する定めを負うているのではないか。——

（『ツァラトゥストラ』第三部、手塚富雄訳）

『ツァラトゥストラはこう語った』は、一八八三年から八五年にかけて第一部から第四部まで断続的に書き継がれ、四部作としてその全体が刊行されるのは一八九一年のことです。わたしはかねてから「一八八〇年代西欧」におけるエピステーメーの地滑りに注目してきたのですが、ニーチェのこの「創発的」な著作はまさにこの地滑り現象の一環をなす言説にほかなりません。すなわちそれは、エッフェル塔が建造され西欧近代の産業文明の精華が展示され、「野蛮」や「未開」とは一線を画していると自負する「文明」が誇らしげな自己主張を行なった、一八八九年のパリ万博と同時代の言説だということです。

一方に、西欧の植民地主義による「後進国」搾取の成果までをも誇らしく開陳し、「文明」の「進歩」を謳歌する万国博覧会があり、またその「進歩」の一例証として、連続写真から映画へという「時間の視覚化」のテクノロジーの発展がある。しかし、他方、それと同時期に、「西欧近代」を呪詛し、時間は後戻りなしに一方向に流れているわけではないのだとする、ニーチェの言説があったということです。時間をめぐって、それを save しようとする力と murder しようとする力がせめぎ合っていたと言い換えてもいいでしょう。

ニーチェの「永劫回帰」はよくわからない概念で、わたしのようにドイツ語もあまり読めず哲学的素養にも乏しい者にとっては、正直申しましてお手上げのようなところがあります。それはいわゆる「既視感」体験のような心的現象のことではもちろんない。ニーチェは、現実に、かつて在ったのと同一のものが今まさに在り、そしてそれは未来において必ず戻ってくる、そしてそれは永遠に回帰しつづけるのだと断定しているわけですね。ニーチェ研究者には嗤われるかもしれませんが、わたしなどは何か「パラレル・ワールド」のようなSF的想像力に近いものかなと考えたりしていますが……。

一つたしかなのは、ニーチェがダーウィンの進化論に対して激しい敵意を抱いていたという事実です。『曙光』（一八八一年）には、次のように始まる一断章が収められています――「新しい根本的な感情。われわれは決定的に無常であるということ。――昔、人々は自分が神の血統であることを示すことによって、人間の栄光の感情に立ち至ろうと試みた。これは現在では禁じられた道になった。なぜならその戸口には、身の毛もよだつような他の動物に並んで猿が立っており、そして、この方向は行き止まり！　とでも言いたげに、分別臭く歯を剝き出しているからである」（茅野良男訳、傍点原文）。

ピエール・クロソウスキーはそのニーチェ論の中で、こう言っています――「ニーチェはダーウィンの自然淘汰《セレクシオン・ナチュレル》の概念を、現実に行なわれる選別《セレクシオン》――それは、生の意味と価値を危険にさらす人間たちの支配をもたらす――の歪曲であるとしてしりぞけるのだが、そのときニーチェが感じていることは、ダーウィン的な淘汰が、平凡な存在たちを、強く、豊かで、強力な存在たちのように見なしてしまう点で、集団性と共謀しているということである」（『ニーチェと悪循環』兼子正勝訳、傍点原文）。「集団性」から逸脱した、あるいは排除された例外的存在こそが「強者」――それにニーチェは最終的に「超人」の名前を与えることになるわけですが――なのだということですね。クロソウスキーはさらに続けて、「ダーウィンが提示した選別はブルジョワ道徳と完全に一致する。それは外部の、科学の陰謀、制度の道徳であり、それに対抗してニーチェは〈悪循環〉の陰謀を企てるのだ」と言います。反＝ダーウィン主義者としてのニーチェという側面が強調されている。

ともあれ、「永劫回帰」という奇態なヴィジョンが、〝murdering the time〟の側にある言説だということは間違いないように思います。テーブルをぐるっと回って最初の席に戻ってしまったらどうなるのという少女アリスの問いへ、形而上学的思弁の側から発せられた返答だと言ってもいいでしょう。

ウェルズ——三千万年後の未来

ところで、先ほどジュール・ヴェルヌの名前を挙げましたが、それでは、「SFの父」としてヴェルヌとともに並称される、H・G・ウェルズの場合はどうでしょうか。ボルヘスが愛読し、ネットワーク空間で絶えず生成しつづける「世界百科事典」を構想したこのH・G・ウェルズという作家は、今日改めて読み返されるに値する、本当に興味深い知性だとわたしはつねづね考えているのですが、今ここで論じている時間の問題に焦点を絞った場合、この二人の「元祖SF作家」の間の対比がくっきりと際立ってきます。フランスのヴェルヌが「近代的な時間システム」を基盤とした物語作者であるのに対し、英国のウェルズはむしろそれへの違和感を作品化しつづけた作家だと思うのです。

わたしは英文学研究畑で彼の作品についてどういうことが語られているかには暗くて、単なるアマチュアの一読者にすぎないのですが、『タイム・マシン』（一八九五年）を書いたこの作家にとって、「時間」が特権的なテーマであったことは明らかだと思います。ヴェルヌはどちらかと言えば「空間」をめぐる想像力に取り憑かれた人で、月だの深海だの地下世界だの、様々な異世界をめぐってSF的想像力を羽ばたかせたのですけれども、それに対してどうやらH・G・ウェルズには、「時間」の主題へのオブセッションがあったのではないか。フェビアン協会のメンバーだったウェルズは、穏健な社会改良主義者として、多くの政治評論や歴史書を執筆しています。そして、その歴史観と理想に基づいて、「来たるべき世界」をめぐる空想を彼のいわゆる「科学ロマンス」に昇華させている。そこにはユートピアもディストピアもありますが、ともかく「未来」が彼の大きな関心事だったのですね。

ヴェルヌにも、実は未来論がないではない。最初期に『二〇世紀のパリ』という小説があり、これは一世紀後のパリを舞台に、大気汚染や交通渋滞など都市文明の暗い末路を描き出した作品で、そのペシミズムのゆえか出版してもらえず、長らく幻の原稿と化して眠っていて、今からほんの十数年前になってようやく出版されたものです。だからヴェルヌも「未来」に関心がなかったわけではなく、しかもそれは「進歩史観」への反措定としての「未来」だったのだけれども、彼はデビュー時にそういう抑圧を受けてしまった。それだからなのか、結局は「近代的な時間システム」にぴたりと同調した機械技術礼賛の作者として自己形成を遂げ、『八十日間世界一周』のような物語を書くようになっていったわけです。

そうした抑圧を受けなかったウェルズは、「時間」の主題をめぐってもっと奔放な想像力を繰り広げています。その代表作は言うまでもなく中篇小説の『タイム・マシン』でしょう。いわゆる「タイム・トラヴェル」を扱った物語はこれ以前にもないわけではなかったようですが、この概念を決定的に認知させたのは何と言ってもウェルズの『タイム・マシン』であり、以後、SFのジャンルで「時間旅行」というトポスが一つの大きな山脈を形成してゆくことになるのはご存知の通りです。そうした意味で、この作品もまた「創発的言説」の一つということになります。

これはおよそ八十万年後の世界を舞台にして、資本主義的階級社会の「進化」の行き着く先を描いた一種のディストピア小説なのですが、わたしが注目したいのは、物語の結末近く、誤操作からタイム・マシンがどんどんどんどん、途方もない未来へ突き進んでしまって、三千万年後の未来まで行ってしまう場面です。そこに広がるのは、多少の蘚苔類以外には生命の影が絶えてしまったかに見える死の世界です。わたしは個人的には、この小説でいちばん魅力的なのはこの場面に提示された黙示録的なヴィジョンだと思います。主人公がその荒涼とした風景に打ちのめされていると、そこに日蝕が起こります。

「暗闇が急に深まった。東の方から、冷たい風が新たな勢いでどっと吹きはじめ、空中を舞う白い雪片はいっそう数を増した。海のへりがざわざわ波立ちはじめた。こうした生命のないものの音のほか、世界は沈黙していた」(阿部知二訳)。ふと気づくと、海岸の砂地に何やら奇態な、原始的な生き物が出現している。「丸い形のもので、蹴球のボールか、それよりいくらか大きいくらいだった。その体から、何本もの触手が垂れている。その色は、海水が血のように赤くうねる中で、黒く見えた。そしてそいつが、ときどきひょいひょいと跳ねるのだった」。

この終末論的未来像は、「進歩史観」と無縁のものです。それの単純な帰結といったものでないのはもちろん、それの修正や批判によっても可能とならないヴィジョンだと思います。物語の主要部分をなす八十万年後の世界、人類が地上のエロイ族と地下のモーロック族に分化した血腥い「偽ユートピア」というのは、これは「進歩史観」の延長線上に想像されたものなのですが、他方、三千万年後の世界——エントロピーが極大化した世界の戦慄的な光景というものは、一応「三千万年」といった仮の数値で表されてはいるものの、実のところは、もはや「計測可能な時間」の外にある何ものかのイメージなんだと思います。そこでは「時間」それ自体が殺害されている。

ウェルズは一方で『モロー博士の島』のような、ダーウィン進化論に基づく寓話的なお話も書いていますが、『タイム・マシン』では「時間」そのものが死に絶えてしまったかのごとき世界のヴィジョンを提出している。それはとても興味深いことだと思います。ウェルズの作品からさらにもう一つの例を挙げるなら、『塀についたドア』という短篇小説があります。アンソロジーにしばしば再録される、非常に美しい名短篇です。

主人公は幼年の頃、たまたま街路で出会った「塀についたドア」を開け、その奥に入ってゆくのですが、するとそこには甘美な楽園が広がっています。その後、人生の折々の場面で、その塀と、それについた緑色のドアに再会するのだけれども、様々な偶然に妨げられ、その向こう側に隠されてあるはずのユートピアをどうしても再訪できない。これはそんな哀切きわまる物語なのですが、主人公がたった一度だけそこに遊ぶことができたというこの幼年期の楽園も、言ってみれば「時間システム」の外部というか、「時間が殺害された世界」なんですね。

この特権的な「エデンの園」は、その後、「塀についたドア」の光景という形で偶発的な回帰を何度も繰り返すのですが、主人公がそれと再＝一体化することは、「近代的な時間システム」によって妨害されつづけます。システムに拘束されて生きている主人公は、楽園を再獲得するチャンスを、そのつど心ならずもふいにしてしまう。あのアリスの「白ウサギ」のように、何かに「間に合わねばならぬ」という現世的な義務感に衝き動かされて生きつづけるかぎり、もう二度とふたたび「時間を殺害する」ことは不可能なのです。この絶望感が帯びている普遍性のゆえに、この短篇小説は名作の定評を得ているのだと思います。

わたしはウェルズの無意識の底には、分秒を刻む機械的・物理学的時間の外に出たいという、激しい欲望が脈打っていたように思われてなりません。そうしたわけで、「近代的な時間システム」への反感ないし憎悪が表明された言説の系譜にウェルズの占める位置があると思うのです。

ボードレール――「醜い老人」とその「魔性の伴廻《ともまわ》り」

さて、話がちょっと前後して、ここで時代を少々遡ることになりますが、この「時間を殺そうとする」言説の系譜の中でもっとも重要な存在は、やはり第二帝政期のフランスの詩人、ボードレールかもしれません。ボードレールは、「近代的な時間システム」への激しい憎悪を、実に様々な形で語っている。そのすべてに触れる余裕は今はありませんが、いちばん典型的な「症例」として、一八六九年に刊行された『パリの憂鬱』の中の「二重の部屋」という散文詩に一瞥をくれておきましょう。

これは阿片吸引による陶酔を謳った作品です。ドラッグの幻覚で、自分の侘しい、貧しいアパルトマンが、至福の恍惚感を帯びたユートピア的な空間に生まれ変わる。最初のうち、「一つの夢想にも似た部屋」をめぐってほとんどフェアリー・テールのような描写が続くんですが、中ほどで、こんな一節が出てきます。「おお浄福よ！　われわれが一般に生と名づけるものは、その最も恵まれた拡張状態においてさえ、いま私の識りつつある、そして一分一分、一秒一秒、味わいつつある、この至高なる生と、何ひとつ共通なものを持ってはいはしない」（阿部良雄訳）。この「一分一分、一秒一秒」という表現は、一見したところ「近代的な時間システム」に内属するように見えぬでもない。しかし、ボードレールはその後にすぐ続けて、それを断固として否定し去ります。「いな！　もはや分などはない、もはや秒などもない！　時間は消え失せてしまった。君臨するのは〈永遠〉、快楽《けらく》に満ちた永遠だ！」。

これは時間が殺されてしまった世界なのです。永遠の午後六時に閉じこめられているアリスの「マッド・ティーパーティー」と同じように、この幻想的な「部屋」でも時間が止まってしまっている。ところが、阿片の効果はもちろん「永遠」には持続しません。陶酔から覚醒するとともに、このアパルトマンは、「二重の部屋」という題名通り、それが持つもう一つのアスペクトをあからさまに現出させます。

「物凄い、重々しい一撃がドアに鳴りひびき、地獄めいた夢におけるがごとく、私は胃に鶴嘴《つるはし》を打ちこまれる思いがした。／それから、ひとりの〈妖怪〉が入ってきた」。甘美な夢想はたちまち霧散消失して、部屋はもともとの侘び住まいに戻ってしまう。では、このとき入ってきた〈妖怪〉とは誰か。言うまでもなく、〈時間〉です。アリスの物語におけるのと同様に、ボードレールのこの散文詩においても、〈時間〉が擬人化されているわけです。殺害は失敗に終り、その男——醜い老人として表象されているのですが——は生き返ってきてしまった。「ああ！　そうだ！〈時間〉がふたたび姿を現わした」。大文字で始まる“le Temps”という言葉が使われている。「今や〈時間〉が王者として君臨する。そして、この醜い老人とともに、彼に従う魔性の伴廻《ともまわ》り、〈思い出〉、〈後悔〉、〈痙攣〉、〈恐怖〉、〈苦悶〉、〈悪夢〉、〈怒り〉、そして〈神経症〉が、ことごとく戻ってきた」。

アリスの物語の中に二種類の時計が登場するように、ボードレールの「二重の部屋」では、同一の部屋をめぐって二つの、相対立するイメージが重ね合わされている。一つは時間が死に絶えた甘美な部屋であり、もう一つは阿片幻覚が覚めて、時間がふたたび戻ってきた部屋、時間に支配された部屋です。そして、〈時間〉というこの恐ろしい妖怪ないし醜い老人は、「魔性の伴廻り」を連れている。思い出、後悔、痙攣、恐怖、苦悶、悪夢、怒り――これらはすべてボードレール的なテーマで、そのすべてが独裁者たる〈時間〉の手下という形で擬人化されているわけですが、このリストの最後に、極めつきの一語、「神経症」という言葉が出てくることが重要だと思います。複数形に置かれた“les Névroses”ですね。或る種の感性を備えた人々にとっては、「近代的な時間システム」とは「神経症」を伴わずにはおかない時間のことなのです。ドラッグの幻覚は一時的なものに過ぎませんから、システムの外に出たかのごとき甘い夢想といっとき戯れた後、ボードレールはシステムの中に雁字搦めに束縛された自分自身を、ふたたび発見しなければならない。それは、分や秒という単位時間が戻ってきたということです。「今や秒は強く厳かに刻まれ、その一つ一つが、柱時計から飛び出して来ては告げる、

――『私こそが〈生〉なのだ、耐えがたく、情容赦ない〈生〉なのだ！』と」。

詩の最後はこう締め括られます。「そうだ！〈時間〉が君臨する。彼はその横暴な独裁を再び始めた。そして、二本の釘を打った突棒《つきぼう》で、私がまるで牛ででもあるかのように駆り立てる

――『それ、はいし、どうどう！ 駄獣め！ さあ汗をかけ、奴隷め！ 生きるがよい、罰当

たりめ！』」。〈時間〉という主人が、まるで牛馬を追い立てて働かせるように、資本主義経済に資する労働へと人間を駆り立てる。準禁治産者処分になり、生涯借金と貧窮に苦しんだボードレールは、このような〈時間〉の支配を苛酷な拷問のように感じていたわけです。

　ボードレールにおける「時間」の主題というのは大きなテーマで、その全体を論じきることはとうていできませんが、ここではとりあえず、ルイス・キャロルが使っていた「時間を殺す」という表現を彼もまた使っているということには注目しておきましょう。「情婦たちの肖像」という散文詩の末尾、「一同は、打っても叩いても死なない〈時間〉を殺すために、そしてかくもゆるやかに流れる〈生〉を加速させるために、何本かの酒壜を新たに運ばせたのである」とある。ここでも「時間」は大文字で書かれ、殺そうとしてもなかなか死なないしぶとい奴というふうに擬人化されています。“tuer le temps”というのは、先ほど申しましたように、フランス語でも「暇を潰す」という意味の決まりきった成句なんですけれども、阿部良雄先生は「時間を殺す」とわざわざはっきりと訳されて、注を付けておられます。

　また、「粋な射撃家」という作品の冒頭にも、射的場で「〈時間〉を殺すために二、三発撃ってみるのも愉快だろう」という表現があり、ここでは「殺す」がイタリック体で強調されている。標的へ向けて行なう射撃が、同時に〈時間〉を銃殺しようとする身振りでもあるということですね。都市の遊歩者＝フラヌール（flâeurs）たちのさまざまな暇潰しが、ボードレールの大きなテーマの一つですから、時間を潰す、時間を殺すというのは、当然、彼らの生活の描写として前景化することになるわけですが、それが単なる暇潰しの慰戯を超えて、〈時間〉という手に負えない怪物をどうやったら殺せるかという絶望的な企てとして表象されることになる。

猫の眼という時計

ボードレールには、他方また、「時間の殺害」が不意に成就してしまった幸福なユートピアを、思いがけない形で描いている作品もあります。これも有名な作品ですが、他ならぬ「時計」と題された散文詩の書き出しは、「中国人は猫たちの眼の中に時刻《とき》を見る」というものです。猫の眼は太陽光の増減にしたがって、瞳孔が広くなったり狭くなったりする。そこで、今何時かと訊かれた中国人の少年が、猫を捕まえてきて、その瞳を見て時刻を教えてくれたというお話です。

少年は猫の眼の中に驚くほど正確な時刻を読み取り、「まだきっちり正午ではありません」という非常に精妙な言いかたでそれを表現します。猫の眼の時計——これは「近代的な時間システム」とはまったく異質な時間計測のツールで（この少年はそれを西欧的・近代的システムへと翻訳してみせるわけですが）、中国では民衆はそれによって生活しているのだというわけです。ここで「中国人」を出しているあたり、ボードレールの中にも当然ある、サイードのいわゆる「オリエンタリズム」の一徴候でしょうが、西欧世界を支配する単位化された時間とは異なる、もう一つの時間を彼は「中国」というフィクショナルな異世界に託して夢想している。

この作品の語り手はその後、「私はといえば」と転じて、自分の恋人の眼の中に時間を見るのだと続けます。しかしそれは、いかなる時間であるのか。恋人の眼にうっとりと見入ってるとき、分秒を刻む機械的時間などは蒸発してしまいます。阿片幻覚の中でいっとき時間が死に絶えてしまったように、恋人の美しい瞳に心を奪われ、そこに恍惚と自分を溶けこませてるエクスタシー状態のただなかでは、通常の時間が消えてしまう。だから、そこにどんな時刻が見えるのだと訊かれたら、こう答えよう――「時刻は今〈永遠〉だ！」と。フランス語では時刻を言うとき、たとえばそれが二時なら"Il est deux heures"というふうに表現するわけですが、ボードレールの語り手は、"Il est l'Éternité !"（「今は永遠時だ！」）と答えるわけです。これは、「近代的な時間システム」で動いている時計では表示不可能な時刻なんですね。

ダーウィンが『種の起源』を刊行した一八五九年を一つの出発点として考えた場合、それにすぐ続く一八六〇年代、すなわちフランス第二帝政期に創作活動を展開したボードレールには、「近代的な時間システム」に捕らわれざるをえない近代人の宿命への痛切な自覚があり、それと同時に、それに対する猛烈な悪意というか敵意もあった。そこに生じる不断の葛藤が、彼の作品の本質的な核心の一つをかたちづくっているとわたしは思います。

一方で、彼は美術評論家としては、ご存知のように「現代生活の画家」であるコンスタンタン・ギースをめぐって「モデルニテ（現代性）」の芸術を論じました。はかなく移ってゆくものと不易で永遠のものとから「モデルニテ」は成り立っているというあの名高い定義で、重点はもちろん前者の方にあるわけです。絶えず一過性の移ろいやすい現在、時々刻々と変化していく「現在」の意義を彼は重視し、戦略的なジャーナリスト兼批評家として、眼前に繰り広げられるアクチュアリティに対する目配りを怠らなかった。しかし、他方、八十日間での世界周遊を可能にする厳密なタイムテーブルに象徴されるような、ジャーナリスティックな「現在」を貫通する容赦のない物理学的時間に対する、癒しがたい憎悪も併せ持っていた。そうした時間から不意に逸脱して、時間がまったく流れない世界――それを彼はしばしば「永遠」と呼ぶのですが――に甘美に沈潜したいという強烈な憧憬も持っており、そうした憎悪と憧憬を鮮烈な詩的言語に昇華しようとしたわけです。

萩原朔太郎――Time is life! Time is life!

近代日本の文脈に引き戻して考えてみると、ずいぶん時代は下ることになりますけれども、こうしたボードレールの感性の継承者は、言うまでもなく萩原朔太郎です。「近代的な時間システム」への違和感は、朔太郎の作品のいたるところに見出されます。ボードレールの影響が露わな散文詩を集めた『宿命』（一九三九年）からほんの二篇だけ取り上げて、この問題の日本的変奏に、少しだけ触れておきましょう。

まず昭和六年、一九三一年初出の日付を持つ「時計を見る狂人」です。とある精神病院の病室で、四六時中、時計の針を見つめている患者がいるという。「おそらく世界中で、最も退屈な、『時』を持て余して居る人間が此処に居る、と私は思つた」。ところが、反対だった。院長によれば、「この不幸な人は、人生を不断の活動と考へて居るのです。それで一瞬の生も無駄にせず、貴重な時間を浪費すまいと考へ、ああして毎日、時計をみつめて居るのです。何か話しかけてご覧なさい。屹度腹立たしげに呶鳴るでせう。『黙れ！　いま貴重な一秒時が過ぎ去つて行く。Time is life! Time is life!』と」。これはボードレールが〈時間〉という醜い老人の「伴廻り」の一人と呼んだ、「神経症」の症例の報告そのものですね。この男は、一秒一秒後戻りなしに進行してゆく「近代的な時間システム」の支配を過剰に尊重し、それに病的なまでに執着するあまり、時計の秒針を凝視する以外のことは何も出来なくなってしまった病者です。“Time is money”が嵩じた挙げ句、“Time is life”というところまで行き着いてしまった。そのlifeは、資本主義社会の市民が普通に営む、moneyの循環によって成り立つ生活からは懸け離れた、異形のlifeと化してしまった。システムへの過剰適応が、端的な不適応と無能力に逢着するという症例の描写ですね。朔太郎の一種の精神的分身でもあるはずのこの「狂人」はもちろん、心底深くでは、「不断」に進行してゆくこの「時間」を憎悪しているに違いありません。

ところが、朔太郎はもう一人の分身も登場させている。大正十一年、一九二二年初出の「寂寥の川辺」という散文詩には、釣りをする「支那人」の話が出てきます。ボードレールは中国人の少年が猫の眼の中に時間を見ると書いたのですが、この詩では朔太郎も「支那人」を登場させている。これも一種のオリエンタリズムでしょうね。この「支那人」は釣りをしてるんだけれども、その釣竿には針がない。何も釣れないはずの釣竿で釣りをしているんだという。何を釣ろうとするんだと聞いてみると、「魚の美しく走るを眺めよ、水の静かに行くを眺めよ。いかに君はこの静謐を好まないか。この風景の聡明な情趣を。むしろ私は、終日釣り得ないことを希望してゐる。されば日当り好い寂寥の岸辺に坐して、私のどんな環境をも乱すなかれ」と答えたのだという。

これは、「黙れ！　いま貴重な一秒時が過ぎ去つて行く」という時間観の対極にある時間観です。時間の消えた世界、時間の殺された「老荘思想」的世界への、朔太郎のファンタスマティックな憧れがここには籠められています。この「支那人」も実は、精神病院に収容されてこそいないものの、頭がちょっとおかしい人と言えなくもない。だって、針のない釣糸を垂れて終日川岸に座っているのですから。しかし、この「もう一人の狂人」の方はあくまで快活で、幸福です。

彼は文字通りの暇潰しを、すなわち"kill time"をしているわけですが、朔太郎自身はこうした自然体で時間消失の至福を味わえるような境地には、生涯至り着くことができなかった。彼はそれを遠くから羨望しつづけ、ただ、この虚構の「支那人」を自分の自我の理想的な分身として詩の中に登場させることしかできませんでした。萩原朔太郎が自然体で楽々と"kill time"ができないのは、「暇潰し＝時間を無駄にすること」への、幼時に植え付けられた罪悪感から脱却することができないまま、一秒一秒急き立てられて生きていると感じていたからでしょう。その場合、いっそのことそれをmurderしてやれという焦燥と憎悪が嵩じることになる。

「近代的な時間システム」に順応することを責務と感じながら、しかもそれをする能力は、社会から落ちこぼれた「遁走者」たる自分には決定的に欠けているという痛切な自覚に骨絡みになってもいるという、苦痛に満ちた「引き裂かれ」状態ですね。そこから発する絶望的な焦慮が、『月に吠える』や『青猫』や『氷島』を通底して流れる比類のない詩情の核心をなしているようにわたしは感じます。そこには、ボードレールのそれと基本的には同型の葛藤に引き裂かれた詩人がいる。そして、時間をめぐるこうした神経症的感性を優れた詩篇へと昇華する力業を行なった萩原朔太郎は、やはり日本が所有しえた随一の「近代詩人」だったと思います。「近代」それ自体との徹底的な対決を回避しなかった、と言うよりその対決をみずから進んで真っ正面から引き受けた詩人こそが、真正の「近代詩人」だという意味で、です。

吉田健一──「ただ確実にたつて行く」時間

西欧のナルシシズムに亀裂を入れた言説的な外傷体験としてのダーウィン理論は、一九世紀中葉の西欧の言説空間に出現し、「時間」を或る外在的なシステムとして現出させた。そのシステムを継承し、補強し、利用し、礼賛するものの系譜が一方にあり、システムに適応できず、反発し、反抗し、そこからの遁走を強烈に欲望するものの系譜が他方にあったというお話を、ここまでしてまいりました。近代の時間意識とは何かと言えば、それは結局、この両者の間に働く葛藤の力学それ自体のことなのではないかと思います。そしてこの葛藤は、今日にいたるまでずっと続いてるわけです。本当はベルクソンやプルーストに触れるべきなのですが、もう時間が（！）なくなってしまいました。

そこで最後に、一挙に時代を下って、今日のわれわれに近い場所に位置する時間論である吉田健一の『時間』（一九七六年）という長篇エッセイを取り上げて、それへの少々の言及をとりあえずの結論に代えつつ、本日の講義を締め括りたいと思います。これはすばらしい著作で、時間の問題を正面から扱って美しい考察を繰り広げた、こうしたモニュメンタルな文章を所有しているということは、戦後の日本文化が誇ってよいことの一つだとわたしは考えています。

吉田健一の時間観は基本的に、「近代的な時間システム」への反発と抵抗の側に位置する言説です。しかし、吉田のこの本のすばらしさは、そうした主題を乗せて運んでゆく彼の文章の質感自体が、分秒を機械的に刻むシステム論的な時間性を快く脱臼させるような言語の流れを実現しているということです。「冬の朝が晴れてゐれば起きて木の枝の枯れ葉が朝日といふ水のやうに流れるものに洗はれてゐるのを見てゐるうちに時間がたつて行く」。これが書物の冒頭の一文ですが、このワン・センテンスにはすでに、単位化を、そして単位化に基づく分節化を拒む特異なリズムがある。これに、「どの位の時間がたつかといふのでなくてただ確実にたつて行くので長いのでも短いのでもなくてそれが時間といふものなのである」という一文が続きます。

「牛の涎のような」などと軽蔑的に形容されることもあった吉田の文体は、或る意味で、規則正しくビートを打って流れてゆく時間観念それ自体を、この独自の言葉の律動それ自体によって、脱構築していると言ってもいい。そういう文章のリズムに乗せて、彼は時間とは「ただ確実にたつて行く」だけのものであり、長さ短さのメジャーをそこに介入させることには意味はないと、直截に、あるいは粗暴に、最初から断定してしまいます。

こうした時間観の前史として、本来は、先ほど名前だけちょっと出したプルーストの小説をまず取り上げるべきでしょう。『失われた時を求めて』という、題名自体に時間という言葉が含まれ、"Longtemps"という単語で始まり"Le Temps"という単語で書き終えられているあの長い長い小説が、時間の主題をめぐる、或る決定的な、また「創発的」な言説であることは間違いないからです。ただし、吉田は『時間』で、プルーストに対する批判も行なっているんですね。それがちょっと面白いのでご紹介しておきます。

「又さういふ近代に就て我々が念頭に置いていいのはそれが意識的に時間、或はそれが刻々にたつて行く感覚を無視した時代だつたといふことである」と彼は言います（第Ⅲ章）。システムの制覇と専制が、時間の本質を覆い隠したというわけですね。「刻々」と言っていますけれども、これは機械的に刻まれる分秒単位とはまったく異質の「刻々」です。等間隔に分割された単位に還元されえない時間の持続を、彼は「刻々」と表現している。近代は時間が「刻々にたつて行く感覚」を無視し、抑圧したのだと。

そして、「これに対してプルウストがあるといふことになるかも知れない」と吉田は続けます。ところが、「併し」とたちまち反転させて、「併しプルウストは近代の完璧を求める方法で時間を追究したのでそれ故にプルウストが遂に得た時間の観念はその刻々に流動する姿よりもその流動を奪はれてこれが時間だと自分の前に置ける類のものであり、それが刻々に過ぎて行く状態を認識してこそ時間が自分の前にあることになるのにはプルウストも思ひ至らなかつた」と言うのです。

最終的にプルーストは「見出された時」という形で時間を「再発見」するのですが、そこで獲得された時間にも、「刻々にたつて行く」ものの流動性は結局なかったのだ、と。プルーストはそれを「これが時間だと自分の前に置ける類のもの」にしてしまった、つまり悪い意味で実体化してしまったということになるでしょうか。このプルースト批判の当否は今は置いておくこととして、ともあれ一つたしかなのは、翻って吉田の『時間』を読むならば、これこそまさに、時間の「刻々に流動する姿」をこれ以上ないほど鮮やかに、なまなましく、また美しく文章に定着しえている稀有の著作であるということを、まざまざと感得できるという事実です。

この書物にはその他、「夕方」という時刻について、「現在」とは何かについて、「成就」という悪しき強迫観念について、様々な考察が展開されていますが、あとは実際に彼の文章を味わっていただくことにしましょう。ボードレールや萩原朔太郎の「後悔」も「痙攣」も「恐怖」も「苦悶」も「悪夢」もなしに、そしてとりわけ「神経症」などはいっさいその気配もなしに、吉田健一は「近代的な時間システム」への批判をあくまで平静に、また快活に遂行しているのです。

三つのパラメーター

さて、あまり明快な結論は下せないんですけれども、さしあたりやや結論めいたことを言うとすれば、ここまで漠然と「近代的な時間システム」と呼んできたものは、ごく単純に三つぐらいのパラメーターによって定義できるのではないかと思います。

一つは、世俗性です。前近代においては、西洋だったら教会が定時に鳴らす鐘とか、日本だったらお寺の鐘とかによって、宗教的な「聖性」の審級が時間を司っていました。しかし、こうした聖なる時間が物理学的時間に取って代わられたとき、つまり時間がセキュラライズ(secularize)されたとき、それは近代的システムとして生成したのだと思います。世俗的(secular)だということですね。ただし、マルクスの『資本論』の貨幣をめぐる考察の中にキリスト教的な神学概念が生き延びていたり、「進歩史観」のうちに一種のヘブライズム的時間観が、——終末論的含意を持つ目的論が孕まれていたりということもありますので、これは本当はもっと慎重な手つきで腑分けすべき複雑な問題です。しかし、一つの大きな重要なパラメーターとしてとりあえず世俗性を挙げておくことは、そう見当外れでもないでしょう。

もう一つは、これは世俗性ということの系の一つとも言えますが、測定可能(measurable)だということです。世俗化されてしまった時間の権威を、宗教的審級に代わって担保するものは、その正確さ以外にありません。それは何時間何分何秒というふうに厳密に、客観的に測れる時間でなければならない。そして、それを測定するのは人間ではなく、時計とかクロノメーターのような、人間の主観的意識とは切り離され、そこから超脱した機械装置でなければなりません。「長いのでも短いのでもなくて」「ただ確実にたつて行く」というようなことではまずいわけですね。

そして最後の、三つ目の特性は、そうした時間は必然的にオプレッシヴ(oppressive)になる、抑圧的になるということです。それは個人の意識や身体からは外在化され、制度として聳立するシステムなのですが、そうであるというだけの理由によって、何かしらの抑圧を必然的に主体に課さずにはいません。その抑圧が近代的な資本主義の運動を可能にしてきたのだし、またその一方、この抑圧に向けられた数多の反感や憎悪や批判の言説が、主に文学的想像力に駆動されて、繁茂し開花することにもなったのは、ここまでお話ししてきた通りです。

「近代的な時間システム」とは、「セキュラー」であり「メジャラブル」であり、かつ「オプレッシヴ」なものです。「世俗性」と「測定可能性」と「抑圧性」によって定義されるこのシステムが、今日に至るまで続いており、われわれの日常生活を今なお律しているのだと思います。注意していただきたいのですが、わたしは古代的な時間イメージがあり、それと並列的に対応するようなものとして近代的な時間イメージがあるというふうには考えていないのです。問題の焦点はあくまで、「システム」の出現であり、その場合、イメージや想像力を超えた外在的な制度ないし基準として、わたしはこの「システム」という言葉を使っているわけです。もちろん、「古代的な時間システム」といったものがあったわけではありません。

そのあたり、たとえば見田宗介氏が真木悠介名で書いた『時間の比較社会学』は、名著と呼ばれるにふさわしい、美しい本で——社会学の業績としての学術的価値を判定する資格はわたしにはありませんが、見田先生の著作はどれもこれも本当に「美しい」仕事だと思います——、啓発されるところが多いのですが、古代の「時間意識」から近代のそれへというリニアな変移を記述する仕方には、やや違和感がないではありません。彼は古代から近代へのその転移を、非常に見事な論理構成で構造づけています。しかし、その二つの「時間意識」を同等の資格で並置することははたして妥当なのかどうか。

また、その一方、近代的な「時間意識」があるとして、それはわたしが今日の話の前半部分で語ったようなものに限られるわけではないと思います。後半で語ったこと——すなわち「システム」に対する反発や嫌悪やその外への脱出の欲望などは、単なる「古代的なものへの郷愁」の噴出といった副次的な主題でもなく、一過性のエピソードでもない。そうしたファンタスムの数々は、それ自体「近代人」の抱えこんだなまなましい現実にほかなりません。もし「近代的な時間意識」と言うのなら、「システム」遵守の責務感と「システム」からの遁走の夢想との間に織りなされる、葛藤や衝突、相補的な協力関係や錯綜した絡み合いこそがそれだと言うべきではないでしょうか。

先にちょっと触れたように、ラカンの「ボロメオの輪」の心的装置の、三つ巴のトポロジーで言うなら、「象徴界」に属する「システム＝制度」としての時間があり、それに与する言説の系譜がある。他方、それに対して「想像界」の側からの反攻なり抵抗なりを試みる言説の系譜があって、それらは反感とか憎悪とか絶望といった、イマジネールな感情価を帯びることになるわけですね。今日は要するに、そうした二つの言説の系譜があるという、まあ言ってみれば素朴なことをお話ししてみたわけで、「時間それ自体」とは何かという本質論は、ここではもちろん空白のまま残されています。結局、「時間それ自体」は、アウグスティヌスが、時間とは何かと誰からも問われないかぎり、わたしはそれは何なのか知っている、だが誰かからそれは何かと問われるや、わたしは時間とは何なのかわからなくなると語ったような（『告白』第十一巻第十四節）、究極の謎として、不気味なものの超越的にして経験的な現前として、つまりは——これまたラカンの用語で言えば——「現実界」として、今なおとどまりつづけているということになるでしょう。

夜の闇の中へ

さて、定刻よりだいぶ時間が、それこそ時間が過ぎてしまいましたが、これでわたしの「最終講義」を終わらせていただきます。この駒場に助手として着任した時点から数えるとわたしの大学教員生活は二十九年半に及び、これは、まあかなり長い「時間」と言えるでしょう。もっともその一方で、「長いのでも短いのでもなくて」「ただ確実にたつて行」っただけだったなあ、というような呆気なさを感じていないわけでもありません。いずれにせよそれは、他のいかなる職業生活におけるのと同様に、「近代的な時間システム」に束縛されつつ過ごした歳月でした。その間、幸いなことに、後悔や痙攣や恐怖や苦悶や悪夢とはまったく無縁だったとはいえ、また神経症に罹ることからも免れたとはいえ、このシステムとこの制度に適応しつづけることは、わたしのような生来、無節操でだらしない人間にとっては、必ずしも心愉しい体験ばかりでもありませんでした。勤めを辞めたからといって、この社会で生活しているかぎりはこの「時間システム」の外に出られるわけではありませんけれども、今この講義の終了とともに、その拘束が多少緩まることは確実でしょう。たいへん悦ばしいことと受け止めています。最後の授業を締め括るに当たって、吉田健一の『時間』から、ほんの数行を読んでみたいと思います。「夕方の光線」について書かれた箇所です。

その光線に朝日も白昼の影と対照をなす明るさも又その他夕方に至るまでの光線の段階が凡てあつてその重なりが夕方の光線の艶を生じて眼に映じるから一つの成就の印象でこの光線に包まれた眺めが豊かなものになる。そしてそれ故にこれに続く夜の闇が我々にとつて親密なものなのである。（第XI章）

わたし自身もまたこうした光線に包まれつつ、やがて親密な夜の闇の中へ入っていければと願っています。ご清聴有難うございました。

後記

わたしは二〇一二年三月末日をもって東京大学大学院総合文化研究科教授の職を辞した。定年まで七年を余しての辞職を決意するに当たっては様々な思いがあったが、それについては幾つかの小文で縷々述べたのでここには繰り返さない。大学執行部は或る年齢以上の教員に「早期退職制度」の活用を呼びかけており、基本的にはそれに応じたまでのことである。

退職に当たって「退官記念講演」と「最終講義」を行なった。速記記録に加筆訂正を加えた二つのテクストを収録し、『波打ち際に生きる』のタイトルの下、ここに刊行する。

「東京大学退官記念講演　波打ち際に生きる――研究と創作のはざまで」は、二〇一二年一月十六日、東京大学本郷キャンパス・法文二号館文学部一番大教室で行なった講演の記録である。初出は『文學界』二〇一二年四月号。ちなみに「退官記念」という表現についてひとこと註記するなら、「国立大学」から「国立大学法人」への移行（いわゆる「法人化」）に伴い、かつての「教官」という呼称は「教員」に取って代わられ、その結果「退官」という表現も今日では公式には用いられていない。それによって何が改善されたとも思えない「法人化」の是非を今さら論じる場ではここはないが、べつだん公的文書でも何でもない本書で、一組織内での慣行的なイディオムに拘泥する必要はないと考え、ささやかなノスタルジーから、ここでは「退官」という反時代的表現をあえて残させてもらうことにする。

「最終講義 Murdering the Time――時間と近代」は、二〇一二年四月二十六日、東京大学駒場キャンパス・十八号館ホールで行なった講義の記録である。当日はかなり分厚い参考資料の束を配布したが、本書では省略する。初出は『新潮』二〇一二年七月号。

大学を退職はしたものの、べつだんそれで何かが終ったといったしみじみした感慨を抱いているわけではない。それが本当に良いことなのかどうかはともかく、平均寿命がこんなに延びてしまったこのご時世、どれほど身心が衰えようとそれによって他人様にご迷惑をかけることになろうと、鬱陶しいことに、まだまだけっこう長く生きつづけざるをえない気配があるからである。とはいえ、本書が一種の「総括」的回顧といった外見を呈していることは事実なので、理解の一助となるかもしれない付録として、これまで単行本の形で上梓したわたしの著作の一覧に簡単なコメントを付したものを併載する。前橋文学館で、二〇一〇年七月三十一日から九月十二日まで展覧会「松浦寿輝――『ウサギのダンス』から『吃水都市』まで」が開催された際、そのカタログのために乞われて書いたメモがあり、今回の「松浦寿輝著作一覧――著者自身によるコメント」はそれにさらに加筆した。

「退官記念講演」と「最終講義」の実現にそれぞれ尽力してくださった東京大学の方々、その際わたしとひととき充実した時空を共有してくださった聴講者の方々、講演と講義の記録を最初に掲載してくださり、また今回本書へのその再録を快く許諾してくださった『文學界』と『新潮』の編集部の方々に、心からのお礼を申し上げたい。本書を作ってくださった羽鳥書店社主の羽鳥和芳さんに捧げる感謝は、そこにこれまでの生涯で彼にお世話になってきた「時間」――それはこの「総括」的回顧の機会に改めて鮮明に浮かび上がってくる――の重みが加わって、ひときわ大きなものとならざるをえない。

松浦寿輝

二〇一三年一月

松浦寿輝著作一覧——著者自身によるコメント

1980　『ヴァレリー全集カイエ篇　第四巻』

「記憶」の章を分担翻訳

筑摩書房、十二月刊

大学院修士課程に入ったばかりの駆け出しに、こうした重要な仕事をあっさり任せてくださった故・滝田文彦先生には感謝の言葉もない。ヴァレリーの「カイエ」という謎の多いテクストをめぐって、フランス語と日本語のはざまの隘路を注意深くじりじりと進んでゆく作業からは、多くを学んだ。解説を書くためにベルクソン『物質と記憶』を精読する機会を得たのも、後年様々な場面で役立つことになる。わたしにこの章の分担が回ってきたのは偶然だろうが、結果的に「記憶」の主題は後年のわたしの仕事に多様で複雑なエコーを響かせることになった。

1982　『ウサギのダンス』

七月堂、十一月刊

第一詩集。エロティシズムとグロテスクと自己言及的な言語愛が特徴的である。タイトルピースは、誰もが知っているあの「楽しい」童謡をアイロニカルに引っくり返し、黒々とした残酷・衰弱・悪意を充電した詩篇。「物語」や「書く」といった詩篇にはどこか、当時翳りついていたマラルメの詩の影が落ちているようだ。

1984

『レッスン』

七月堂、十月刊

わたしを含め詩誌『麒麟』の同人たちによる「共同詩」の試み。残念ながら、率直に言って、さして成功しているとは思えない。

1985

『松浦寿輝詩集』

思潮社〈叢書　詩・生成〉、四月刊

裏表紙の「著者紹介」（言葉による自画像）を面白がってくださった方々が多かった。

『口唇論——記号と官能のトポス』

青土社、十一月刊［新装版、青土社、一九九七年六月刊］

初めての論文集。中井久夫先生は後年、「ここにはすべてがある」と評してくださった。「処女作にはその著者のすべてがある」というのはよく言われる言葉だが、たしかにここには以後のわたしの仕事のすべてが、萌芽のかたちで、ないし潜在的可能性のかたちで、ことごとく含まれているかもしれない。と同時に、これは結局、当時の「わたしにとっての世界のすべて」を記述し尽くそうとする試みのごときものだったのかもしれない。結局、一種の「母性論」でもあったのではないか。病者の言語の意味について深い理解と長い臨床体験をお持ちの中井先生は、そのことを直観的に見抜かれたのだろう。今読み返すと両書ともに稚拙な部分が目について恥ずかしいが、『ウサギのダンス』と『口唇論——記号と官能のトポス』が紛れもなくわたしの処女作である。

『記号論』

思潮社、十一月刊

朝吹亮二氏との共作による長篇詩。互いに相手のテクストをどのようにでも改変できるというルールの下、彼と原稿を交換しながら加筆・削除・改稿・分断・再構成を繰り返し、詩的言語に可能なかぎりの錯乱、混雑、混濁を呼びこもうと試みた。ブルトンとスーポーの『磁場』（一九一九年執筆、二〇年刊行）がモデルとして念頭にあった。多少面白い箇所も幾つかなくはないと思うが——。

1987

『スローモーション』

思潮社、一月刊

詩についての時評的な文章を集めたもの。後年の『クロニクル』に通じる仕事。ただし、自由に書いた巻末のエッセイ連作は『青天有月』の前駆的な実践であろう。点と滲みについて、情熱について、間と断片について、わからなさについて、挨拶について……。

『映画 n-1』

筑摩書房、五月刊

映画批評集。蓮實重彦氏の映画論の影響が色濃い。ただ、「接吻論」におけるエロスの直接性とその棄却の主題や「仮と人形」における断片化されたエクリチュールの実験には、多少なりとわたしなりの個性が滲んでいるのではないか。

『冬の本』

青土社、七月刊
第十八回高見順賞

第二詩集。『ウサギのダンス』より柔らかで流動的な文体になり、抒情的色彩が濃厚になっている。それを後退と見るべきか、どうか。萩原朔太郎における『月に吠える』から『青猫』への移行が思い出される、などと言うのは不遜だろうが——。

ロベール・ブレッソン『シネマトグラフ覚書——映画監督のノート』

翻訳、筑摩書房、十一月刊

1991

『女中』

七月堂、七月刊

第三詩集。詩集というより、むしろ連作による長篇詩と呼ぶべきもの。「女中」「主人」「奥様」その他数人の登場人物によって織りなされる、一種の倒錯的な〈グラン・ギニョール〉を、大いに愉しみながら創っていった。時系列表と登場人物表の両方を睨み合わせつつ、全体の構成にずいぶん手間ひまをかけたものだが、当然のようにと言うべきか、その劇構造のたくらみを見破ってやろうなどと試みる読者など一人として現われるはずもなく、わたしの稚気は結局、空転に終ったようである。

1992

ヴィム・ヴェンダース『エモーション・ピクチャーズ』

翻訳、河出書房新社、一月刊

『松浦寿輝詩集』

思潮社〈現代詩文庫〉、四月刊

今日、わたしの詩作品はもっぱらこの普及版の選集で読まれているようだ。そのことを非常に残念に思う。小さな活字の二段組みで窮屈に印刷されたこの本のページ面では、わたしの詩はほとんど半分しか読まれたことにならないとさえ感じる。もちろん、まったく読まれないよりはましに決まっているけれども——。

アントナン・アルトー画、ジャック・デリダ著、ポール・テヴナン編『デッサンと肖像』

翻訳、みすず書房、四月刊〔デリダによるアルトー論の部分のみ後に単行本化された――ジャック・デリダ『基底材を猛り狂わせる』みすず書房、一九九九年五月刊〕

1993

『鳥の計画』

思潮社、九月刊

第四詩集。「水」から「空気」という転身の「計画」を語った表題作は一種の「自画像」の試みであり、わたしが書いてきたうちでもっとも「切実」な詩篇かもしれない。パリのどこかの美術館（ピカソ美術館?）で、イタリアのトリノ市で計画されている都市プロジェクトの模型展示を見ながら、「トリノ計画」という言葉を口の中で転がしていたとき、いきなりこの詩篇の発想の瞬間が訪れた。詩の最初の息吹きは、まことにつまらないところから来るものだ！　ちなみに“Projet Turin”というのは、四本の巨大な柱をトリノ市中心部に縦一列の配置で建造する（いったい何のために?）というものだったような胡乱な記憶があるが、そんなわけのわからぬ「計画」が現実化されたなどという話は、その後むろん聞いていない。

1994

『フランス文学――中世から現代まで』

13＝語り手・主人公――小説を反省する小説

14＝無意識と欲望の解放――シュルレアリスムの冒険、以上二章を分担執筆

塩川徹也編、放送大学教育振興会発行、日本放送出版協会刊、三月刊

『平面論――一八八〇年代西欧』

岩波書店、四月刊〔〈岩波人文書セレクション〉版、二〇一二年十月刊〕

第十三回渋沢・クローデル賞

これに『エッフェル塔試論』と『表象と倒錯――エティエンヌ＝ジュール・マレー』を加えて、「一八八〇年代三部作」を成す。理論篇としての本書を真ん中に据え、その理論を具体例に即して展開した他の二著がそれを両側から挟み、一種の「三幅対」の構図をなす。「一八八〇年代」論の主題の「日本版」の展開として、『明治の表象空間』（新潮社）近刊予定。

『舞踊評論』

ポール・ヴァレリー「魂と舞踏」「舞踏の哲学」「虚しい踊り子たち」の翻訳

渡邊守章編、新書館、六月刊

1995

『折口信夫論』

太田出版、六月刊［『増補　折口信夫論』ちくま学芸文庫、二〇〇八年六月刊］

第九回三島由紀夫賞

この異形の詩人＝民俗学者＝国文学者の遺した一種面妖なテクストとその執筆体験のうちに、性と政治との絡み合いを透視しようとした批評作品。刊行前から予期された通り、折口の学統に連なる国文学者からは激しい攻撃にさらされた。が、この本の論点を揺るがすような本質的な批判は今なお一つも出現していないとわたし自身は考えている。

『エッフェル塔試論』

筑摩書房、六月刊［ちくま学芸文庫、二〇〇〇年二月刊］

第五回吉田秀和賞

ずいぶんの時間と労力を必要としたこの分厚い本をわたしに書かせた

ものは、エッフェル塔という「物体」への愛以外の何ものでもない。『青天有月』とともにわたしにとってもっとも愛着のある一冊である。仕上げにかかっていた時期にどうしても知りたいことが幾つかあり、オルセー美術館の〈エッフェル文庫〉に確かめに行ったことを思い出す。飛行機代と滞在費にかなりの大金——わたしにとっては——を費やした挙げ句、そのリサーチの結果のこの本への反映は、ほんの数行ずつの小さな註を四つ増やしただけのことでしかなかった。が、わたしは満足だった。やれるところまではやり抜いたという達成感があったからである。老いにさしかかったわたしには今や、これほどの愛を注げる「物体」——「人間」も？——はなくなってしまった。さみしいことではある。

『映画1＋1』

筑摩書房、九月刊

『映画 n-1』の続篇。読み返してみると、映画論を書きつづけることにいくばくか疲労と倦怠を感じはじめていることがうかがえる。この後、わたしは映画批評を集めた本を出していない。

『フランス文学史』

「第Ⅵ章　二〇世紀前半」部分を分担執筆

東京大学出版会、十一月刊

前出の放送大学での講義（『フランス文学――中世から現代まで』）やこの本の分担執筆に誘ってくださった仏文の先輩の塩川徹也氏は、わたしをフランス文学研究者の「正道」に引き戻そうとしてくださったのだろうか。これ以後の仕事においてこのご厚誼に応えられなかった自分を情けなく思う。

1996

『ウサギの本』

米田民穂との絵本

新書館、十一月刊

お爺さんウサギが地下の穴ぐらで古本屋を開業するという童話。振り返ってみれば後年の『川の光』の淵源はここにある。

『もののたはむれ』

新書館、十二月刊［文春文庫、二〇〇五年六月刊］

第一小説集。自分が小説を書くなどとは、いよいよ書き出すことになった直前までわたし自身想像だにしていなかった。が、いざ書きはじめてみると、一篇十五枚の小説紛いの小品を、隔月のリズムでぽつりぽつりと書いてゆくのは何とも心愉しい体験だった。わたしに小説を書かせてみようなどという突拍子もないことを思いつき、原稿を依頼してくださった三浦雅士氏には深い感謝を抱いている。タイトルには「もののあはれ」への批判が籠められていたのだろうか、あるいは澁澤龍彦『玩物草紙』(これは本当に素敵な本!)への目配せがあったのだろうか。

『青天有月——エセー』

思潮社、十二月刊

つまるところ、これがわたしの書いた最高の本だと思う。黄昏と暁闇について、反射と点滅について、傷と紐について、月と放心について、白について——その他、多種多様な「光」の主題の変奏として書かれた「エセー」(モンテーニュ的意味での)である。この本を熱烈に愛してくれるごく少数の読者が存在することをわたしは知っており、そのことをときどき考えて、心底励まされる気持になる。

『文学のすすめ』
編著、筑摩書房、十二月刊

1997

『ゴダール』
筑摩書房、八月刊
ゴダールはつねにわたしの映画的欲望の核心に位置するシネアストであった。わたしが彼の映画について抱きうる興味のすべてはここに言語化されている。もっともゴダール自身は、本書の刊行された一九九七年以降今日に至るまでなお旺盛に映画作りを持続しており、それをこの本はもちろんフォローしていない。とはいえ、「その後のゴダール」にわたしはもはやほとんど関心を持っておらず、そのことのゆえんは「ゴダールの犯罪」という文章で懇切に述べた(『批評空間』第Ⅲ期第三号掲載、二〇〇二年四月)。

『謎・死・閾――フランス文学論集成』
筑摩書房、十月刊

もともとわたしは、アンドレ・ブルトンとシュルレアリスムの研究を表看板に掲げる仏文学者であった。フランス文学研究の領域で行なってきた仕事をとりあえず集成したのがこの本である。ただし、わたしがいちばん手間ひまかけて仕上げたパリ第三大学での博士論文“André Breton et la Topologie du Texte”（或る意味で自分の二十代の年月のすべてをこの仕事に捧げたのである）は、フランス語の原文でも日本語訳でもまだ公刊されていない。

1998

『モデルニテ　3×3』
小林康夫・松浦寿夫との鼎談集
思潮社、五月刊

『知の庭園——一九世紀パリの空間装置』
筑摩書房、十二月刊
第五十回芸術選奨文部科学大臣賞評論等部門

「一八八〇年代三部作」は身心に相わたってきつい仕事だったが、視野を前後左右にもっと大きく広げ、西欧の一九世紀全体をゆるやかに包摂しようとしたこの本の執筆は、愉楽の漲る体験だった。客観的な歴史研究として始めたものなのに、結果的にはわたしの中に滞留する幼児性の欲望や快楽を爽快に解放できるような仕事になっていったのは、我ながら狐につままれたような成り行きだった。

1999　『幽（かすか）』

講談社、七月刊

「戯れ」でしかなかった『もののたはむれ』から一歩足を踏み出し、小説というジャンルに腰を据えて取り組むようになった時期の、最初の収穫群を集めている。時系列に従って読み通すと、最初は恐る恐る手探りするように始めた文章形式の模索が、徐々に堅固な輪郭を帯びてゆくさまを見てとることができるように思う。

2000　『花腐し』

講談社、八月刊［講談社文庫、二〇〇五年六月刊］

第一二三回芥川龍之介賞

或る春の午後、京都の都ホテル（当時はまだ「ウェスティン都ホテル」ではなかった）の脇のゆるやかな細い坂道をくだりながら、「卯の花腐し」という言葉が不意に浮かび、この中篇小説の題名、そしてその内容の全貌がわたしの前に現われた。べつに雨が降っていたわけではなく、それどころかうららかな好天だったのだが、何か「卯の花腐し」といった心境だったのだろう。この表題作で芥川賞を受賞した。空疎なお祭り騒ぎに巻きこまれてただ茫然。その騒ぎの軽薄ぶりを苦々しく思う人々からは作品の質についてあまり良くは言われず、わたし自身も何となく忸怩たる思いでいたが、つい最近ずいぶん久しぶりに「花腐し」を読み返し、自己愛抜きで、それほど駄目な小説でもないのではないかと思い直した。ちなみにこの本を作るためにもう一篇、「ひたひたと」という短篇小説をやや短兵急に書き下ろしたが、雑誌に発表せずに直接この単行本に入れたせいか、この作品をめぐる批評はまったく現われなかった。「ひたひたと」は実はわたしの書いたいちばん出来の良い短篇小説かもしれないのだが。

2001

『表象と倒錯――エティエンヌ＝ジュール・マレー』

筑摩書房、三月刊

これも一書として成立するのにずいぶん時間がかかった本である。生理学者にして写真家のマレーというこの不思議な知性の劇の謎に迫ろうとした仕事。しかし、この独身の「倒錯者」のうちにわたしは結局、自分自身の分身を見ていたのかもしれない。マレーの生地であるブルゴーニュ地方の美しい町ボーヌへの調査旅行は幸福な思い出である。

『官能の哲学』

岩波書店、五月刊［ちくま学芸文庫、二〇〇九年六月］

わたしには固有の意味での哲学論文を書く資質も素養もなく、そのためのまともな訓練も受けておらず、その意味では羊頭狗肉の表題を掲げた本と言わざるをえない。結局、「哲学」を口実にしつつ、或る特異な「官能」の諸様態を記述しようとした仕事とでもいったものか。

『巴』

新書館、五月刊

最初の長篇小説。帯には「形而上的推理小説」とある。どんどん動いてゆく物語の愉悦を堪能しながら書いた。と同時に、わたしの「東京論」の集大成でもある。

『物質と記憶』

思潮社、十二月刊

主に日本の詩と小説についての評論を集めた。吉田健一、内田百閒、古井由吉、吉増剛造……。吉岡実については別に一冊の長篇評論を書くつもりでいるので、過去に書いた何篇かの吉岡論はこれには収録されていない。

2004

『あやめ　鰈　ひかがみ』

講談社、三月刊［講談社文庫、二〇〇八年十月刊］

第九回木山捷平文学賞

三つの中篇小説を「ボロメオの輪」のように組み合わせることで一書を構成してみた。冒頭のセンテンス（文）の中途で、いきなり登場人物に死が訪れるが、句点が来て文が終結しないうちに彼は平然と立ち上がって、何事もなかったように歩きつづける。その実験に本書の趣向のすべてがある。三篇にわたってやや過剰な女性嫌悪を湛えているのが面白い。

『半島』

文藝春秋、七月刊［文春文庫、二〇〇七年七月刊］
第五十六回読売文学賞

二冊目の長篇小説。最初の部分を独立した短篇小説のつもりで発表した後、書き足りなかったことがあって続きを書き、また続きを書き……そんなふうに書き継いでゆくうちに長篇小説の規模に膨らんでいったもの。舞台となった架空の島の簡略な地図を作り、それをだんだんと詳細なものにしながら書き進めていった。ただし、物語を細かく読んでもらえばこの島の地理（地形）の整合性は最終的には破綻していることがわかるはず。この物語を自分自身の手で映画化することをふと夢見る瞬間がないではない。まだ現役のヴィットリオ・ストラーロを撮影監督に迎え、初期のベルトルッチのようなみずみずしく官能的な映画を撮れないだろうか。

『そこでゆっくりと死んでいきたい気持をそそる場所』

新潮社、十一月刊

短篇集。いくぶん実験的な作風の作品を集めたもの。予想通り、こうした晦渋なテクストを面白がってくれる読者は少なかった。

2006

『方法叙説』

講談社、二月刊

これまでの仕事の総体を回顧しつつ、「わたしの方法」をめぐって行なった思弁を断章形式で記録したもの。最終的に「方法」に明確な定義は与えられず、迂回を重ねる言葉はその周囲を経巡るだけで、「方法」自体は結局、空白のまま残される。

『青の奇蹟』

みすず書房、四月刊

文学ではなく、絵画や演劇や写真等、芸術の諸領域を扱ったやや長めのエッセイ・論考を本書にまとめた。ことごとく注文原稿である。しかし、未知の編集者からの注文は、鬱陶しさとかったるさを感じる反面、自分が今まで考えたことのなかった問題（それについて考えようなどということ自体を考えたこともない問題）に興味を広げるきっかけとなる。

有難いことだと思う。

『散歩のあいまにこんなことを考えていた』

文藝春秋、四月刊

小さなエッセイを集めた本。わたしはもともと細々《こまごま》としたものが好きである。チェス駒、根付け、知恵の輪、微小なオブジェ、そして小さな文章もまた。気がついてみると、「散歩のあいまに」頭をよぎるようなちょっとした想いを綴った小品を、わたしはけっこう沢山書いていたのだった。それを集めたのが本書である。

『晴れのち曇りときどき読書』

みすず書房、五月刊

書評集。書評はジャーナリズムの装置であるから、個人的な肩入れなしにただ義務感から書いた文章も当然あり、しかし他方、自分が本当に愛した本を熱を籠めて紹介した文章もある。前者と後者の割り合いは、この本の中で、まあ半々くらいか。

2007

『クロニクル』

東京大学出版会、四月刊

前半は文芸時評、後半は知識人の群像。後者も状況の産物として論じているので、全体として状況論の集成といった性格が強い。ただし、後半の知識人論の部分は、わたしが尊敬するいくたりかの知識人たちの、強靭にして広大な精神の営みに捧げたオマージュでもある。

『川の光』

中央公論新社、七月刊

ネズミの一家が工事で棲み処を追われ、新天地めざして川を遡ってゆく冒険譚。新聞の連載小説という場を引き受けた以上、老若男女の多くの人々に読まれなければ意味がないと考えた。連載中から、また単行本が出て以後も、子どもたちやお年寄り（とくにお婆さん）から沢山の好意溢れるお便りをいただいたのは本当に嬉しいことだった。

『色と空のあわいで』

古井由吉との共著

講談社、八月刊

わたしが心から尊敬する古井由吉氏との、往復書簡と対話で構成した本。古井さんの知遇を得られたのはわたしの人生の大きな幸運の一つであった。

2008

『吃水都市』

思潮社、十月刊

第十七回萩原朔太郎賞

これは、或る固有の身体的「リズム」と、そのリズムで言葉が踊ったり疾走したりする或る固有の「文体」とを発明し、それを持続させる試みだった。大変苦しい仕事で、一篇一篇に恐ろしい手間と時間がかかり、本書が成るまで結局二十年もかかってしまった。主題は「過去に実在した未来都市」ないし「未来に実在するかもしれぬ過去都市」としての架空の東京である。この過去と未来のパラドクサルな戯れからの要請で、一種遊戯的なアイロニーを籠めつつ、旧仮名遣いの日本語表記が採用されることになった。

2011　『不可能』

講談社、六月

「生き延びた三島」という仮説から出発して書かれた長篇小説。途中で突如として転轍機が作動してレールが切り替わり、あれよという間に物語の列車が思いもかけない線路に突入し、あさっての方角に突進してゆくという構造を持った長篇小説はわたしの大いに好むところなのだが（ジョン・ファウルズ、カズオ・イシグロ、またこれは映画だがデイヴィッド・フィンチャー監督の『ゲーム』……）、知的に仕組まれたそうしたサプライズの趣向を物語の大きな愉楽と捉える読者は、どうやら日本では少数派のようである。数だけは沢山出た書評からようやく理解できたのは、「三島由紀夫」の名前を聞くやどうやらこの国の「純文学好き」はいきなり変なふうに興奮してしまうらしいということだけだった。わたしは三島にもその作品にも本当は何の興味もないのだが。

2012

『川の光　外伝』

中央公論新社、六月刊

いわゆる「スピンオフ」による短篇集。こうした楽しいことばかりやっていれば、人生は夢のように過ぎてゆくだろうが……。

2013

『afterward』

思潮社、近刊

前詩集『吃水都市』とはまったく異質な文体による詩篇によって構成したもの。一見平易な言葉遣いだが、本当はかなり難解な詩集のはず。日本語の平仮名は本当に美しいと改めて思う。言うまでもなく、その美をこれらの詩篇が体現できているかどうかはまた別問題である。

松浦寿輝（まつうら ひさき）

作家・詩人

一九五四年　東京に生まれる
開成中学校・高等学校卒業
東京大学教養学部教養学科フランス分科卒業
同大学院人文科学研究科フランス文学専攻修士課程修了・
　同博士課程中途退学
パリ第三大学博士（文学）学位取得
（"André Breton et la topologie du texte"）
東京大学教養学部外国語学科フランス語教室助手
電気通信大学人文社会科学系列専任講師・同助教授
一九九一年　東京大学教養学部外国語学科助教授
一九九八年　同大学院総合文化研究科超域文化科学専攻教授
　（表象文化論コース）
二〇〇二年　同大学院超域文化科学専攻博士（学術）学位取得
（『表象と倒錯——エティエンヌ＝ジュール・マレー』）
二〇一二年　同退任

波打ち際に生きる

二〇一三年五月二〇日　初版［検印廃止］

著者　松浦寿輝
ブックデザイン　原 研哉＋大橋香菜子
発行者　羽鳥和芳
発行所　株式会社 羽鳥書店
　一一三—〇〇二二　東京都文京区
　　千駄木 五—二—一三—一階
　電話番号
　　〇三—三八二三—九三一九［編集］
　　〇三—三八二三—九三二〇［営業］
　ファックス
　　〇三—三八二三—九三二一
　http://www.hatorishoten.co.jp/
印刷所　株式会社 精興社
製本所　牧製本印刷 株式会社

ISBN 978-4-904702-40-6　Printed in Japan

こころのアポリア——幸福と死のあいだで　小林康夫　四六判並製　432頁　3200円
エッセー・小論32篇を、辞書的項目を掲げてまとめる。
表象文化論の豊かな可能性を具体的に示す。

新人文感覚1　風神の袋　高山宏　A5判上製　904頁　12000円
学魔・高山宏、ここ15年間の集大成。ピクチャレスクの旺盛、
視覚文化の横溢を、洋の東西をうねくりながら、絢爛豪華に展開。

新人文感覚2　雷神の撥　高山宏　A5判上製　1008頁　13000円
大冊〈全2巻〉完結。フィギュラリズム、マンガ、笑い——
マニエリスムの歴史と表象を闊歩する。

夢十夜を十夜で　高山宏　はとり文庫3　A6判並製　312頁　1300円
学生たちと読み解く漱石『夢十夜』の世界。書下し300枚。
「感想」から「批評」へ飛躍をとげる可能性に満ちた白熱教室へ誘う。

掌《てのひら》の縄文　港千尋〈写真集〉　B5判変型上製　112頁　4000円
縄文に触る。なで、さすり、つかみ、かかえ、もちあげる。
人の手に抱かれ、5000年の時を越えて蘇る縄文土器・土偶の表情。

羽鳥書店刊